目次

業火の地

捜査一課強行犯係・鳥越恭一郎

プロローグ

時刻は深夜二時。

赤い火柱がごうごうと音をたて、冬の夜闇《よやみ》を切り裂いている。

はじめは建物の隙間《すきま》から、薄黒い煙がわずかに洩《も》れるだけだった。しかし窓が割れるやいなや、火は酸素という栄養を得てどっと激しく噴きあがった。

立ちのぼる赤に、夜の世界が支配される。

消防車がけたたましい半鐘とともに駆けつけた。

やや遅れて、無線連絡を受けたパトカーも到着する。真っ赤な警光灯が、ルーフでめぐるしく回転する。

墨で塗りつぶしたような夜闇を、赤い炎、赤い火花、赤い車体、赤色警光灯が禍々《まがまが》しくいろどる。黒と赤に、牡丹雪《ぼたんゆき》の白が降りしきる。

燃えているのは、老舗《しにせ》の映画館だった。

出入口が開かないのか、逃げ出てくる被災者はいない。消防士がハリガンツールとハンマーを抱えて走る。裏口も同様らしかった。どの扉もひらかない。

パトカーから降りた巡査は、映画館の駐車場を振りかえった。

数は多くないものの、何台か駐《と》まっている。

深夜二時はレイトショウの時間帯だ。週末ともなるとこの映画館は、オーナーが選んだ古い名作映画をレイトショウで上映する。地元住民なら、誰《だれ》もが知っている。

表のショウウインドウには新作のハリウッド映画と並んで、一九七〇年代の邦画『復讐《ふくしゅう》するは我にあり』のポスターが貼《は》られていた。

まわりには、早くも野次馬が集まりつつある。

「下がって、下がって！」

スマートフォンを手に押し寄せる野次馬を、巡査は手で牽制《けんせい》した。

手早くイエローテープを張っていく。電柱や街路樹を使い、立ち入り禁止区域を作って囲う。相棒が、通報者の確保に駆けだす。

巡査はいま一度、ちらりと駐車場をうかがった。

黒のセダン。カーキ色のＳＵＶ。白の軽。

——あの軽自動車、見覚えがある。

車種そのものはありふれていた。だがリアのステッカーや、バックミラーに下がった芳香剤に既視感があった。おそらく知人だ。自分の知っている誰かが、いまこの燃えさかる映画館の中にいる——。

かぶりを振って、巡査は雑念を払い落とした。

駄目だ。考えるな。いまは職務をまっとうするときだ。悲しむのも、現実を思い知るのも、あとでいい。

消防が応援を呼んだのか、新たな消防車が到着した。パトカーも続々と集まりつつある。

紅蓮《ぐれん》の炎がまたも噴きあがった。なぜか、なかなか放水がはじまらない。

イエローテープぎりぎりまで押し寄せる野次馬を、巡査はふたたび両手で制した。

「押さないで！　下がって、下がってください！」

野次馬のうち八割が、手にスマートフォンを掲げている。火の照りかえしで、全員の顔がてらてら光っている。

――これも、例の放火か。

巡査はぎりっと奥歯を噛《か》んだ。

だとしたら二件目だ。つい先日、公民館が放火されたばかりである。死者一名と多数の重軽傷者を出し、捜査本部まで発足した。狭い町で起こった火事だけあって、被害者の大半は巡査自身も見知った顔であった。

――もし、今回も放火なら。

巡査は群衆を見まわした。

――犯人はこの野次馬に混じっている？

しかし彼には皆目見分けが付かなかった。

火花とともに降る雪を背景に、ある者は口をぽかんと開け、ある者は熱心に撮影し、ある者は消防士に野次を飛ばしている。どの顔も、陶然として見える。

――火事への高揚か、ＳＮＳで注目される喜びか。それとも放火による陶酔なのか。

——おれごときには、わからない。

新たなパトカーが路肩に横づけされた。

所轄署の署員が走ってくる。機動捜査隊の指揮車両も見える。巡査はほっとした。これで彼らに現場を明けわたせる。安堵《あんど》で涙が出そうだった。

だから、巡査は気づかなかった。

映画館から約二百メートル離れた農機具小屋の陰で、啜《すす》り泣く男がいることを。

気配を察せもせず、また知るよしもなかった。

男は泣きながら、「ごめんなさい」と呻《うめ》いていた。

「ごめん……ごめんなさい、ごめんなさい……」

だがその謝罪は、巡査の耳にも、野次馬たちの耳にも届くことはない。

「でも、ぼくは、こうしないと……、ごめんなさい……」

三たび噴きあがった炎が、赤い火の粉を激しく散らした。

第一章

1

鳥越恭一郎《とりごえきょういちろう》の住処《すみか》は、築三十年を超える1DKアパートだ。取り得と言えば、駅と繁華街に近いことだけである。水まわりもベランダも簡素な造りで、ひどく狭くるしい。

よほどの豪雨でない限り、その狭いベランダで朝食を取るのが鳥越の日課だった。

今朝は炊飯器が空だったので、トーストである。

フライパンを火にかけて熱し、バターを落とす。マーガリンではなくバターだ。パンのほうにこだわりはないが、ここだけは譲れない。

バターが溶けている間に、冷蔵庫から四枚切りの食パンを取りだす。

包丁で、四つ割りの切れ目を入れる。

フライパンがじゅうじゅう音を立てはじめるやいなや、鳥越は熱い鉄肌に食パンを置いた。弱火で、じっくりと両面に焼き色を付けていく。

次はハムエッグだった。トーストを焼いたのと同じフライパンにハムを敷き、その上に卵を二つ割り落とす。

ごく少量の水を差し、蓋《ふた》をして蒸らす間に、鳥越はもう一度冷蔵庫を開けた。

取りだしたのは大きなタッパーウェアだった。一口大にちぎったパンと、生肉が詰めこんである。こちらは〝友人〟用の朝食である。

盆と食器を用意している間に、卵が頃合《ころあ》いの半熟になった。蓋を開け、皿に盛る。黒胡椒《くろこしょう》を多めに挽《ひ》き、黄身にだけ少量の醤油《しょうゆ》をたらす。

盆にトーストとハムエッグ、白湯《さゆ》のグラス、タッパーウェアをのせ、鳥越はベランダへとつづく掃き出し窓を開けた。

今日の〝友人〟は、すでに到着していた。

ハシボソガラスの雄《おす》が二羽だ。

季節は冬である。鳥越の吐く息も、綿のように真っ白だった。

——さすがに寒い。

寝間着の上に厚いフリースジャケットを着込んではいるが、それでも寒いものは寒い。

雪深い地方でないのだけが、まだしものさいわいだった。

——とはいえ、こいつらに飯は食わせなくちゃな。

サッシの枠にもたれるようにして、鳥越は腰を下ろした。

ハシボソガラスのうち、一羽は若い新顔である。

「よう」

　鳥越は小声で挨拶《あいさつ》した。

　ベランダには高めの目隠し柵《さく》があり、隣とは隔て板で仕切られている。鴉《からす》が鳴かない限り人目に付くことはないが、会話を聞かれたくなかった。

「はじめまして、だな。よろしく頼む」

　もし人が見たら「なぜ新顔だとわかる？」「学者でさえ一見では雌雄《しゆう》のわからない鴉を、どうやって見分けているんだ？」と驚くだろう。

　だが鳥越はその答えを持たない。

「わかるからわかるのだ」としか言えない。

　ごく幼い頃から、鳥越は孤独だった。他人に気を許せず、両親とすらうまく馴染《なじ》めなかった。

　学校では陽気な仮面のおかげで人気者だった。しかし友人と言える友人は、この歳《とし》になっても鴉しかいない。

　タッパーウェアを開け、鳥越はパンと生肉をベランダに撒《ま》いた。

　右手でトーストをかじりつつ、左手でパンをちぎる。新顔に向かって差しだすと、若い雄はためらわずそれを食べた。

　鴉のくちばしは太く、鋭い。しかし鳥越は、つつかれて怪我《けが》をしたことは一度もない。当然だ、と思っていた。鴉は賢い。生態学者によれば、人間の四、五歳児並みの知能があるという。

——鴉と付き合えることを、べつに特別だとは思っちゃいない。

市井の人びとは〝動物に好かれる、イコール善人〟と思いこむ。だが鳥越の意見では、それは誤りだ。

中学の同級生に、やたらと犬に好かれるやつがいた。どんな獰猛《どうもう》な犬でも、彼を見るとちぎれんばかりに尾を振り、媚《こ》びて腹を見せた。しかしそいつはけして善人ではなかった。それどころか嘘《うそ》つきで、掃除をさぼる常習犯でもあった。

——世の中には、超能力未満の力を持つ人間が、意外に多い。

職業柄、鳥越はそのたぐいの男女に何度か遭遇した。癌《がん》が匂《にお》いでわかるマル暴。常人には見えぬ領域の色彩を見分ける半グレ。お世辞にも賢くはないのに、九桁の掛け算を瞬時にこなすホステス。

——だが、それだけのことだ。

けして超能力などではない。それだけのこと、なのだ。癌が嗅《か》ぎ分けられても医者にはなれない。高度な暗算ができてもフィールズ賞はもらえない。

——おれのこれも、同じだ。

生まれつき、鳥越恭一郎は鴉と仲良くなれた。

おそらくは父方の祖父の遺伝らしい。亡き祖母がよく言っていた。「あんたのおじいちゃんは不思議な人だった。鳥と友達になれた」と。その性質はなぜか父に受け継がれず、鳥越に隔世遺伝した。

鳥越はトーストとハムエッグをたいらげた。

ほぼ同時に、鴉たちも満腹になったようだ。残ったいくらかの肉とパンをくわえ、ベランダから飛び去っていく。

友人たちを見送って、鳥越は室内にいったん戻った。

食後のコーヒーを飲みつつ、箒《ほうき》でベランダを掃除する。鴉の食べ残しのパン屑《くず》と肉片をきれいにし、サッシを閉める。

時計代わりにテレビを点《つ》けると、予想どおりの時間だった。

「あと十五分で出社、か」

低くつぶやき、髭《ひげ》を剃《そ》るため洗面所へ向かう。

とはいえ彼の勤め先は一般企業ではなかった。商社でも、出版社でも、建築業でもサービス業でもない。

確かに同僚の間では〝カイシャ〟〝ホンテン〟などの言葉が多用される。だがそれはあくまで隠語である。

――L県警察本部、刑事部捜査一課強行犯第三係。

それが彼の所属する〝カイシャ〟および所属係だった。

「おう来たか、トリ」

刑事部捜査一課の執務室に入った途端、上司の鍋島《なべしま》警部補が声を上げた。

「正護北《しょうごきた》のアレな、捜査本部《チョウバ》が立ったぞ」

「マジすか、あの公民館の火事？」

鳥越はわざと軽薄な返しをした。

強行犯第三係の係長である鍋島に、こんな態度をとって許されるのは鳥越だけだ。

「マジのガチだ。ついては庶務担当《ショムタン》の差配で、鍋島班《うち》が出張ることになったからな。しばらく向こうの署に巣を作るぞ。彼女ができたなら、いまのうちに別れを惜しんどけ、色男」

「確かにおれは世紀の色男ですが」

鳥越は前髪をかきあげた。

「この美貌《びぼう》を一人の女に独占させるのは、もはや犯罪です。係長もご存じのとおり、社会治安のためにも決まった相手は作らない主義です」

「……うっわ、ウザっ」

背後で若手捜査員が、ちいさく突っ込みを入れた。

おかげで、どっとその場が湧《わ》く。

凶悪事件が起こったのに冗談なんて、と世間は不謹慎に感じるかもしれない。だが事件は、捜査員たちにとって日常だ。だからこそ、鳥越のようなムードメイカーは重宝される。

幼い頃からかぶりつづけた道化の仮面は、いまも鳥越の身を助けていた。

――二代つづけて県警捜査一課員のサラブレッド。

――父親そっくりの美男子で、父親になかった社交性を備える捜査員。

それが、県警本部の鳥越への評価であった。

「よーし、馬鹿話はこのへんで終わりだ。正護北署に行く前に、ざっと打ち合わせしとくぞ。みんな集まれ」

鍋島が手を叩《たた》き、一同を呼び寄せた。

強行犯第三係こと鍋島班が、県警本部を出て正護北署に向かったのは、約二十分後のことであった。

2

L県正護市北区は、数年前の町村合併を機にできた真新しい地名だ。

県協議会の住民投票の結果を受け、一市一町が正護市に合併された結果、それまでの〝八賀市《やつが》〟と〝比多門町《ひたもん》〟が〝正護市北区〟となった。

それにともない所轄署も統合され、かつての八賀署は正護北署と改名。比多門署は、警部交番に格下げされた。よって現在の正護北署は交番三つ、駐在所四つを擁する県内中規模の警察署である。

正護北署に着いた鍋島班は、一階の講堂に通された。

しかし捜査本部の体裁はまだできあがっていない。無線機、電話、ノートパソコンなどを署員たちが運びこみ、設営の真っ最中だった。

入口に立つ鍋島たちに気づいたか、シャツを腕まくりした男性が駆け寄ってくる。

「本部《ホンテン》のみなさんだな。手際が悪くて申しわけない。だが夕方の捜査会議までには、必ずチョウバを整えさせる。約束する」

五十がらみの男性は、正護北署の捜査課長、宍戸《ししど》と名のった。

「なにしろ田舎なもんで、八賀――いや、正護北に捜査本部が立つのは六年ぶりなんだ。前のショムタンが定年退職したせいもあって、ばたばたしちまってお恥ずかしい」

捜査課長ということは、階級は警部である。しかし地方の所轄署には珍しい、武張ったところのない男であった。

「恥ずかしいことなどなにもありません。六年間、管内に凶悪事件が起こらなかったのはむしろ誇りです」

鍋島はそうとりなし、鳥越たち部下を捜査課長に紹介した。

「捜査本部長には、正護北の署長が就かれますか？」

「そうなるだろう。捜査主任官は、ホンテンから宝田《たからだ》さんが来ると聞いている。おれは副主任官として動くことになるはずだ」

――では実働部隊はおれたちと、この宍戸課長だな。

鳥越は内心でつぶやいた。

捜査本部長はトップの責任者であり、みずから動くことはない。宝田警部もでんと構えてあれこれ差配するタイプだ。

雛壇《ひなだん》の幹部たちとパイプを繋《つな》ぐのがこの課長なら、やりづらい捜本《ソウホン》にはなるまい――。

瞬時にそう値踏みした。

「鑑識の結果などは、夜の捜査会議で発表する。基本の情報は、この場でざっとだけ説明させてくれ」

「了解です」

強行犯第三係の捜査員たちは、自然と宍戸課長を囲むように円陣を作った。

「うちの管轄区域で放火《アカウマ》が起こりはじめたのは、半年ほど前だ」

咳払《せきばら》いで声を整え、課長はつづけた。

「端緒《タンチョ》は七月なかば深夜の、住宅街での小火《ぼや》だった。焦げくさいとの通報で消防隊が駆けつけたところ、空き家の板塀に真新しい焦げ跡がはっきり付いていた。周囲には灯油の臭《にお》いがしており、あきらかに放火だった」

「板塀なのに、燃えあがらなかったんですか？」

鳥越は口を挟んだ。

宍戸課長が鳥越に顔を向け、一瞬目を見張る。鳥越にとっては慣れた反応だった。彼をはじめて見た人間は、老若男女を問わず大半がたじろぐ。

「……ああ。燃え広がらなかった。長雨で塀が湿気《しけ》っていたことに加え、消し止めた跡があった」

気を取りなおし、宍戸課長が言う。

「おそらくは放火犯本人だろう。火を見た瞬間に後悔したか、それともビビったか。ともあれすぐに消し止め、現場から逃走したようだ。住宅街ゆえ、まわりに防犯カメラはなく、マル目《もく》もなしだった」

しかし類似の放火は、その一件にとどまらなかった。

約一箇月後、ゴミ集積場で小火が起こった。時刻は早朝。夜中のうちに捨てられた一、二袋の可燃ゴミに火をつけられていた。同じく、直後に消し止めた形跡があった。

連続放火と見て、正護北署は捜査を開始した。

だが防犯カメラ映像なし、マル目なし、採取できた微物もなし。かろうじて下足《ゲソ》跡を型取りできたが、大手メーカーのスニーカーで特定はむずかしかった。

さらに一月半後、三たびの小火があった。

その一月後には、四度目の小火。

やはりどちらにも、放火犯みずから消し止めた跡が見られた。

「そして半月前、ついに小火ではない火事が起こったんだ。火つけ野郎はとうとう、なんらかの心理的ハードルを越えたらしい。やつは消し止めることなく現場を離れ、木造の空き家一棟が全焼、隣家の車庫が半焼した。さいわい怪我人はなかったが、はじめて消し止めず逃走したと知り、警察《こちら》の危機感はいや増した。消防署や各町内会と連携を取って、警戒していた——。そこへ、この一件だ」

「今回の、公民館ですね」

念押しのように鍋島係長が言った。

正護市北区の公民館で火事が起きたのは、昨日の午後八時半である。

本来ならば誰《だれ》もいないはずの時間帯だった。しかし建立五十周年の式典を翌週にひかえ、区役所の職員、若手の市会議員三人、その秘書、ボランティアの学生などが、式典準備中のため三十人近く居残っていた。

「やけど等の重軽傷者が十九人、一人が死亡と聞きました」

「ああ。たまたま奥で作業していた職員が犠牲になった。煙を吸いこんでの、一酸化炭素中毒死だ」

宍戸課長は沈痛にまぶたを伏せた。

「三十代の女性職員だった。娘は、まだ二歳だとよ。搬送先で死亡が確認され、駆けつけた亭主は娘を抱えて呆然《ぼうぜん》としていたそうだ」

やりきれん、と言いたげにかぶりを振って、

「公民館は表玄関が開いており、一日じゅう誰でも入れる状況だった。火点はおそらく非常口の手前だ。コンクリートの壁の変色、ひび割れ、剝離《はくり》など、ひときわ激しい焼毀《しょうき》が見られた。天井や壁は、非常口から離れれば離れるほど焼け残っていた」

「該《ガイ》非常口は開いていたんですか？」

鍋島係長が問う。

「いや。手製らしい金属製のドアストッパーを外から二つ嚙《か》まされ、開かないよう細工されていた」

「表玄関は？」

「同じく開かないよう、観音開きのドアの把手《とって》に鎖が巻いてあった。放火犯は、日中に表玄関から入ったんだろう。おそらく人がいなくなる時間帯までトイレなどに隠れ、夜を待って火をつけた。そして非常口および表玄関を外から封鎖した」

「警備員はいなかったんですか。防カメは？」

「警備員は警備室にいたよ。先《せん》にも言ったとおり、建立五十周年を祝うような古い建物だ。防カメだのモニタなんぞはなく、決まった時間に見まわりをするだけの警備員だった。とくに金目のもんも置いてなかったしな」

「しかしコンクリの建物が、よくそんなに燃えましたね」

鳥越は再度口を挟んだ。

「非常口付近なら、たいした燃えぐさもなさそうですが」

宍戸課長が彼を見て「そこだ」と言った。

「くわしくは鑑識の結果を待たにゃならんが、現場の燃え残りなどからして、放火犯はゴミ集積場から可燃ゴミを何袋か盗んで持ちこみ、燃えぐさに使ったと思われる。また発泡スチロールや、レーヨンのシャツらしき残骸《ざんがい》も見つかった。知ってのとおり、発泡スチロールってやつはよく燃える。レーヨンも同様、火事を引き起こしやすい化繊素材だ」

「なるほど。すくなくとも犯人は馬鹿じゃないですね。そして公民館にいた人々を、殺す気まんまんだった」

「だろうな。火勢で窓が割れて酸素が流入したこと、可燃性の燃えぐさがあったことで、燃焼は通常よりも継続した」

「よく死者が一人で済みましたね」

若い捜査員がため息まじりに言う。

「運がよかったんだ」

宍戸課長が答えた。

「逃げる際に慌てたのか、犯人は玄関扉の把手を巻いた鎖に南京錠を掛けそこねていた。あの錠がしっかり嵌《は》まっていたら、ボルトカッターを持ってくる手間だのなんだので、救出はさらに遅れただろう。いや、死亡一人、重軽傷者十九人の結果は、もちろん充分な大惨事だがな……」

「公民館のまわりなら、銀行やコンビニがあるでしょう。防カメは？」と鳥越。

「残念ながら、公民館付近にあったのはATMのみの共同出張所だった。撮れていたのはATMに来た客だけだ。コンビニは近くになかった」

「指紋《モン》はどうです？」

「ドアストッパーと南京錠は拭《ふ》かれていた。ドアの把手も同様だ。鎖からはいくつか不完全指紋が採取できたものの、データベースにヒットなしだ」

「ではいまのところ、物証は……」

「靴型《ゲソ》だけだ。世界的大手メーカーの、二十五・五センチのスニーカー。日本国内だけでも、何千足と出まわっただろう量販品さ」

苦々しく宍戸課長は吐き捨て、

「まあ現状はこんな感じだ。――ああ、宝田さんが着いたようだな。本来なら班編成は捜査会議のあとだが、夜まで待っちゃいられん。宝田さんとおれと、そちらの係長とでちゃっちゃと決めちまおう」

と顎《あご》をしゃくった。

宝田課長補佐と宍戸課長、鍋島係長が話しあっている間、鳥越はコーヒーを買うふりをして講堂を離れた。

人気《ひとけ》のない廊下の突きあたりで、スマートフォンを起動させる。

だがメールにもＬＩＮＥにも、目当ての人物からの返事はなかった。

――水町未緒《みずまちみお》巡査。

べつだん色っぽい仲ではない。強行犯第三係の同僚であり後輩だ。そして血の繋がらぬ弟、伊丹光嗣《いたみこうじ》の恋人でもある女警だった。

とある事件の余波で、伊丹は警察を辞めた。いまは再就職のため他県にいる。その彼に会うため、水町巡査は二日前から有休を取っていた。

『会えたか？』と、鳥越からメッセージを飛ばしたのは昨日の朝だ。しかし二十四時間を超えても、いまだなしのつぶてである。

――柄にもないお節介をしたせいか。ウザがられたかな。

自嘲《じちょう》の笑みを洩《も》らし、鳥越はきびすを返した。


一階の講堂へ戻ると、班編成は終わっていた。

鳥越は敷鑑班であった。予想どおりだ。口の立つ鳥越は、たいてい関係者を洗うポジションの敷鑑にまわされる。

相棒は、正護北署の四谷《よつや》巡査であった。

「鳥越巡査部長。よろしくお願いいたします」

直立不動の姿勢で、はきはきと四谷は挨拶した。まだ二十四歳というだけあって、声に張りがある。瞳《ひとみ》が輝いている。

「正護北署刑事課強行犯係、四谷巡査です。このたびは、ご一緒に捜査できてまことに光栄です」

「だろうな」鳥越はうなずいた。

「おれも、おれと組めたら光栄だ」

冗談とわかるよう笑顔で言ってやる。しばらくは付きっきりの仲になる相棒だ。経験上、友好的にふるまうほうが居心地のいい場を作りやすい。

しかし四谷は笑わなかった。それどころか、ぽかんと鳥越を見上げていた。

「なんだ？」

「……鳥越さん。間近で見ると、ほんとうのほんとうに美形ですね」

にきび痕《あと》の残る頰《ほお》を、四谷はゆるめた。

「近ごろのぽんこつアイドルなんか目じゃありませんよ。俳優とか芸能人になろうとか、いっぺんも思わなかったんですか？」

「おれはこう見えてシャイなんでな」

鳥越はいま一度スマートフォンを確認した。

「芸能人になったら、水着のグラビアやラブシーンを強要されるだろう。お婿に行けなくなったらどうする。おれは結婚するまで、きれいな体でいたいタイプだ」

やはり水町巡査からの返信はなかった。鳥越は四谷に目を戻した。

「なんだ、さっきからどうした」

「いえ、あの」

へどもどと四谷が言う。

「噂《うわさ》どおりの方だな、と思いまして」

「なんの噂を聞いたか知らんが、おれに恋しても無駄だぞ」

鳥越はその背を叩いた。

「最低でもあと十年は仕事に生きると決めている。それはそうと聞き込みだ、四谷巡査。

いますぐ頭を捜査に切り替えろ」

3

捜査会議をまだ終えていないこと、事件に無差別殺傷の線が濃いことを考慮し、鳥越たちはまず消防署へ向かった。

正護北消防署比多門分署へは、警察署からバスで十五分ほどの距離だ。

分署のまわりはドラッグストア、スーパーマーケット、眼科医院、美容院などが建ち並び、道を二本それれば住宅街が広がっていた。

「はい。一一九番通報を受けて、うちの係が出動しました。えーと、通指が受けた正確な時刻は、八時三十四分ですね」

歯切れよく答えたのは、佐々野《ささの》と名のる第一係第二隊の消防士だった。

胸の階級章からして副士長だろう。浅黒い顔に、白い歯が目立った。

歳の頃は三十代なかば。鍛えあげた体を紺の活動服に包んでいる。だが身長はさほどでもなく、長身の鳥越より頭ひとつぶん低い。

「臨場したときにはすでに一階の窓が割れ、火勢が強かったです。表玄関のドアはこう、左右から閉めるタイプで、両方の把手をひとまとめにして鎖が巻かれていました。ちいさめの南京錠がぶらんと下がっていましたね。駆けつけた市民が鎖に気づき、はずそうとしましたが、熱くて触れなかったそうです。われわれのほうで鎖をはずし、ドアを開けたところ、中のみなさんがどっと駆け出てきました」

佐々野の説明はよどみなかった。

公民館の中には当時、区役所の職員、若手の市会議員、その秘書、ボランティアの学生など計三十一人がいたという。

「係長さんが、『この場に全員いる、全員出てきた』と証言したんです。しかし念のため捜索すると、奥の部屋で女性が一人倒れていました。係長さんもパニック状態だったんでしょう。女性は火点に近い部屋におり、煙を多く吸いこんだようです。すぐに救急搬送されましたが、残念な結果になったと聞きました」

佐々野は唇を噛んだ。

「火点は非常口の付近だったそうですね？　火点に踏みこんだときの、第一印象を聞かせてもらえますか」

鳥越は尋ねた。佐々野が首のあたりを手で擦《さす》って、

「第一印象ね。これは個人的な意見ですが……まあ、放火かな、と」

と言った。

「なぜそう思ったんです？」

「燃えがらの多くは、溶けた発泡スチロールでした。中の職員さんたちは記念式典の準備中でしたから、それなりにゴミは出たと思うんです。実際、紙くずや段ボールなどは講堂

のステージ横にひとまとめにしてありました。でも作業の途中に、発泡スチロールだけ分けて積んだとは考えづらい。それに非常口まわりには分電盤や灰皿など、発火の原因になり得るものは見当たらなかった。ですから犯人が持ちこんだか、意図的にそこに置いて火をつけたのでは、と」

「合成樹脂はよく燃えますからね」

「そのとおりです。発泡スチロールが多い工場、タイヤ工場、ウレタンマットレス工場の火災は、ベテラン消防士でも怖い現場《げんじょう》です」

佐々野は目をそらさずしゃべる男だった。苦手なタイプだ、と思いつつ鳥越は問いを継いだ。

「さきほど『係長が〝この場に全員いる〟と言い張った』とおっしゃいましたね。それはどの程度、強い主張でしたか?」

「強い主張? どういう意味です」

「彼があなたがた消防士に、中の捜索を思いとどまらせるようなそぶりは?」

「なかったです。第一、止められたってとどまりゃしませんよ」

佐々野がむっとした顔で言いかえす。

「要救助者の捜索、すなわち人命救助はいついかなるときも最優先です。消防士の、イロハのイです」

「わかりました。では救急搬送された方を除く三十人のうち、気になった人はいませんでしたか？　やけに落ちついていた、逆に異様に取り乱した、等々」

「救助者の反応はさまざまですから、どんな様子だろうと不思議はありませんよ。放心する人もいれば、泣く人、怒る人、他人の世話を焼く人……。あの場には、すべての反応がありました。あやしい人なんて一人もいませんでした」

「あやしいとまでは言っていません。気になった人はいますか、と訊《き》いただけです」

「だから、いませんって」

「他人の世話を焼いていたのは誰です？」

「えーと、市議のうち二人ですね。あとは職員の男女三人かな。市議の秘書さんたちは、いまいち頼りになりませんでした。ボランティアの学生も駄目だったな」

予想どおり、怒らせたほうが舌がなめらかになる男であった。直情的で、すぐむきになる。黙っていられない。

「では怒っていた人は？」

「さっきも言った係長さんとか……。でも、しょうがないですよ。あの年代の男性は、逆境や理不尽な状況に怒りで対処しがちです。べつに悪いことじゃない。ストレスへの対処法は、人それぞれです」

その後も三名の消防士から救助者の様子を訊きだし、メモにざっとまとめて、鳥越と四谷は比多門分署を出た。

「野次馬の中にもあやしい人物なし――か」

鳥越は空を見上げた。

「臨場した交番勤務員《ガイキン》にも、あとで確認しなきゃいかんな」

「裏取りの必要性、アリですか」

「アリアリだ。とくに佐々野が臭い」

「佐々野さん……ああ、はい。最初に聞き込みした人ですね」

四谷がうなずいてから、

「でも、イケメンでしたよ」と言った。

「四谷おまえ、おれに惚《ほ》れたんじゃなかったのか。早くも浮気か」

「そんなんじゃないですって。ただ合コンメンバーにああいう人が一人いたら、女の子を集めやすいかなあと」

「浮気症の上、合コン好きか。不潔なやつだ。今度おれも呼べ」

「いやですよ。鳥越さんが来たら、女の子全部持っていかれますもん」

軽口を応酬しながら、二人は市民病院へ向かった。


救急医は四十代の、生真面目《きまじめ》そうな男性だった。

若白髪《わかしらが》のたちらしく、八割がた白い頭と、若い肌がアンバランスだ。

「昨夜の急患ですね。救急隊員の話では、救助された時点で呼吸をしておらず、脈も弱かったそうです。気道に挿管され、こちらに着いたときはすでに心肺停止状態でした。手は尽くしましたが、まことにお気の毒でした」

「ご遺族は来られましたか？」

「ご主人と娘さんがお見えでした」

「医師として、ご主人の様子に、なにかお気づきになられた点などは？」

「は？　ありませんよ」

救急医の語気がきつくなる。

「突然のことに、度を失っておられました。人間として当然の反応に見えました。なにひとつ、不審な点はなかったかと」

「了解です。すみません」

鳥越は素直に引いた。この医者を怒らせても、べつだん得はない。

「ご不快にさせたようで申しわけありません。だが当方は、いやな質問をするのが仕事でしてね。それはそうと、死因は一酸化炭素中毒死でしょうか？」

「それを調べるのが、それこそ〝そちらの仕事〟でしょう」

と救急医は突きはなしてから、

「しかし咽頭《いんとう》に見られた煤《すす》と爛《ただ》れから見て、そうとう煙を吸ったのは確かです。焼死、もしくは火傷《かしょう》死の可能性はごく低いかと」と言った。

「それは不幸中のさいわいです。生きながら焼かれたのでなくて、まだよかった」

鳥越はしおらしく告げた。

「それは……、ええ、まったくです」

救急医の態度がわずかにゆるむ。彼は眼鏡をずりあげて、

「ではあとのことは、担当の看護師に訊いてください」

毅然《きぜん》と鳥越たちに背を向けた。


看護師二人から話を聞き終え、エレベータホールへ向かう。

「あのう！」

背後から、かん高い声が鳥越を呼び止めた。

振りかえると、三十代とおぼしき看護師が立っていた。胸のネームプレートには『三宅《みやけ》美園《みその》』とある。

彼女は鳥越を頭のてっぺんから舐《な》めるように見て、

「刑事さんたち、昨日の火事のこと訊きに来たんですよね？　じつはわたし、昨夜は非番で、あの現場にいたんです」

と声をひそめて言った。

次いで、後ろ手に隠していたスマートフォンを突きだす。

「ほら、これ。ゆうべＳＮＳに上げた画像です。嘘じゃないでしょ？」

得意げに三宅が掲げる液晶には、確かに公民館の火事画像が表示されていた。ＵＩデザインからしてTwitterらしい。

「なぜ職務中にスマホをお持ちで？」などと無粋な質問はせず、鳥越は液晶に顔を近づけた。三宅が指で画面をスワイプする。

火事の画像は、全部で五枚あった。燃える公民館をやや遠くから写したもの、近づいて正面から撮ったもの、消防士の消火活動を撮ったもの。ほか二枚は野次馬が入った自撮りだった。加えて、二十秒ほどの動画が一本だ。

「三宅さん。このデータいただけますか？」

「もちろん」

三宅はにっこりした。その笑みは鳥越にのみ向けられていた。すぐ横の四谷には、一瞥《いちべつ》もくれない。

「じゃあ刑事さんのメアドかID、教えていただけます？　データ大きいし、SNS経由とかフリメは危険だと思うんですよお。それにわたしSNSのダイメって、相互フォロワー以外は閉じてますし」

「いいですよ。お教えします」

鳥越はとろけるような笑顔で応じた。

官品ではない自前のスマートフォンを取りだす。連絡先交換アプリで、素早く交換を済ませた。

三宅の画像と動画データが受信できたのを確認し、

「ありがとうございます。このお礼はいずれ」

意味ありげな言葉と視線を送ったとき、ちょうどエレベータが着いた。

「……いやあ、美形の威力は絶大ですね」

エレベータの扉が閉まるやいなや、四谷が嘆息する。

「歩いてるだけで、向こうから証言やデータを提供してもらえちゃうんだ。ここまでレベチだと嫉妬《しっと》も湧きませんよ。いっそ感動しちゃうな」

階下に向かうランプの数字を見上げながら、

「四谷、おまえ、靴のサイズいくつだ」

鳥越は低く訊いた。

「おれですか？　二十六センチです」

「そうか。さっきの三宅看護師は、身長のわりに足が大きかった。おまえとさして変わらんサイズに見えた」

そして鑑識が割りだした放火犯の靴サイズは、二十五・五だ——。

彼がそうつぶやくと同時に、エレベータが一階に到着した。

4

「用を思いだした。すまんが先に帰署してくれるか」

鳥越は四谷を片手で拝んだ。

素直に彼が離れていくのを見送り、歓楽街の方角へきびすを返す。

――正護北区の比多門側へ来るのは、ほぼはじめてだ。

だからこそ仁義を切っておきたかった。地元住民にではない。鴉たちにである。

どの街にも鴉は等しくいる。歓楽街や繁華街など、残飯の多い場所には必ず住みついている。いまのうち、挨拶しておかねばならない。

通称『多門通り』は、昭和の匂いが色濃く残る歓楽街だった。

焼き鳥屋、居酒屋、カラオケスナックなど、小体な店がひしめき合って軒を連ねている。まれに割烹《かっぽう》や洒落《しゃれ》たショットバーも混じっているが、大半は大衆的かつ猥雑《わいざつ》な飲み屋であった。階段で地下に降りていくタイプの店舗となると、ほぼすべてがキャバクラ、ホストクラブ、ピンサロのたぐいだ。

――ちいさな町にしては、歓楽街の規模がでかい。

鴉の数が多いことにも、鳥越は気づいていた。

つまりこの町の男たちは、女房のいる自宅ではなく、外で酒を飲む習慣がある。どう見ても観光地ではないのだから、歓楽街を支えるのは地元住民以外にあり得ない。

飲み屋が流行《はや》れば、残飯も大量に出る。その残飯に鴉が群がり、増えていく。子どもでもわかる自然のことわりであった。

突然、ぎゃああっ、と濁った声がした。

人間ではない。鴉の声だ。威嚇《いかく》音である。

声のした方向へ、鳥越は向かった。

飲み屋の建ち並ぶ狭い小路を抜ける。円形の広場があった。この広場を中心に、飲み屋小路が放射状に四本伸びている。

広場の中心には水の涸《か》れた噴水と、街路樹が一本あった。欅《けやき》だろうか。枝葉の間めがけ、若い男が石を投げつけている。

――鴉の巣だ。

欅のてっぺん近くに作られた鴉の巣に、男は石を投げているのだった。

母鴉がさかんに威嚇音を発している。若いハシブトガラスだった。巣はすでに傾きかけ、いまにも枝から落ちそうだ。

頭上を見ると、声を聞きつけた鴉の雄が集まってきつつあった。

「おい」

鳥越は男の背に声を投げた。

「あ？　なんだてめえ」

男が振りかえる。

太った大柄な男だった。酒呑《さけの》み特有の、だらしない肥《ふと》りかただ。やけに肌が生っ白《ちろ》い。ぶ厚い眼鏡越しにも、目のまわりのそばかすが濃い。

「石を投げるな。いますぐやめろ」

「やめろだぁ？　ホスト野郎が、なにを偉そうに。向こう行ってろや」

憎々しげに顔をゆがめ、歯を剝《む》きだして「しっしっ」と手を振る。どうやら鳥越をホストクラブの従業員と思いこんだらしい。

「やめろと言ってるんだ」

鳥越は男に手帳を見せた。

男の顔いろが、さっと変わる。

だが逃げる様子はなかった。すねたように口を尖《とが》らせ、「んだよ。……サツには関係ねえだろ」と小声で言いかえしてくる。

まるで反抗期のガキだな。鳥越は思った。半グレにもチンピラにも見えない。だからこそ、引き際がわからないらしい。

「鳥に石投げちゃいけねえって法律でもあんのか」

「ある」

鳥越はそっけなく言った。

「残念なお知らせだが、この国には鳥獣保護法あらため、鳥獣保護管理法が厳然としてある。おまえのせいであの巣は傾いた。もし雛《ひな》や卵が落ちれば、鳥獣保護管理法第八条違反だ。おまけにおまえの投げた石は、あの街灯にも何度か当たったようだな。いまここで目視確認してやろうか？　さいわいおれは背が高い。〇・一ミリでもひびが入っていりゃ、立派な器物損壊罪の現行犯だ」

立て板に水でまくしたててやる。

むすっと黙りこんだ男に、鳥越は顎で小路を指した。

「いまなら見逃してやる。失《う》せろ」

男がしぶしぶ立ち去るのを見送って、鳥越は街路樹にのぼった。

利き手を伸ばし、巣の傾きをなおす。太い枝やハンガーの針金でできた、頑丈な巣であった。

縄張り意識が強く、人間が巣に近づこうものなら襲ってくる母鴉が、羽をたたんで鳥越をじっと見守っている。威嚇音を聞いて駆けつけた雄たちも、電線にとまったまま動かない。

木から降りて、鳥越は電線を見上げた。

「おまえがボスか？」

ひときわ大きなハシブトガラスに声をかける。

濡《ぬ》れ濡れとした、黒いビー玉のような瞳が彼を見下ろしていた。

「おまえの町に、つけ火をしている野郎を探しに来た。……捕まえるまでいる予定だ。よろしく頼む」

ボスは傲岸《ごうがん》に彼を見つめたままだ。

代わって返事するかのように、母鴉が一声鳴いた。

5

『正護北公民館放火殺人事件捜査本部』の第一回捜査会議は、午後六時からはじまった。

雛壇には正護北署の署長、副署長、そして捜査主任官の宝田課長補佐、副主任官の宍戸課長が着いた。

司会として壇上にのぼったのは、正護北署強行犯係の係長だった。

「えー、被害者の血液中の一酸化炭素ヘモグロビン値、また気道や肺に入った煤煙《ばいえん》から見て、死因は火災で発生した一酸化炭素による中毒死と確定しました」

照明を落とした講堂に、マイクを通した声が響く。

正面のシルクスクリーンには、公会堂の焼毀状況が映しだされていた。壁や天井の無残な焦げあと、煤、燃えがらなど、画像が順に切り替わっていく。

「窓が割れて酸素が供給されたことから爆燃現象が起こり、火勢が増したものと推定されます。火点と思われる非常口付近はとくに煤の付着が多く、灯油などを撒いた発泡スチロールから一気に燃えあがったと思われます。これにより発生した一酸化炭素と二酸化炭素の混合ガスを吸いこんだ被害者は、意識の混濁を起こし昏倒《こんとう》。そのまま中毒死したと見られます」

鳥越は手もとの資料をめくった。

被害者は三十二歳の女性。同居の家族は三十四歳の夫と、二歳の娘。

今回の式典準備のため雇われた臨時職員であり、業務内容は市議や各省庁への招待状の発送、名簿作成と管理、会場の設営準備などだった。

本来の勤務時間は五時までだが、あの日は式典を二日後にひかえ、学生ボランティアとともにパイプ椅子や献花台などを運びこんでいたという。

「現場からは、灯油が入っていたとおぼしき二リットルサイズのペットボトル。ライターの融《と》け残り。発泡スチロールやレーヨンのシャツらしき残骸。二袋ぶんの可燃ゴミの燃え残りなどが採取できています。

この可燃ゴミを調べたところ、どちらも公民館から約三キロ離れた栄本町《さかえほんちょう》の住民のものでした。放火当日の朝、ゴミ集積場から犯人が持ちだしたものと思われます。同町の集積用ボックスには鍵《かぎ》がなく、人目さえなければ誰でも盗める状態でした」

また表玄関のドアを封鎖しようとした南京錠と鎖は、チェーン店のホームセンターで買える量産品だったという。

ライターは、どこにでもある百均ライターだった。

司会の係長が、長机の最前列に着いた男を示す。

「えー、今回の事件は連続放火ということで、捜査主任官である宝田課長補佐の提案により、科捜研の主任をお呼びいたしました。連続放火事件における犯人の心理、およびその分類について説明していただきます」

研究員にマイクを渡し、司会は壇を降りた。

代わりに白衣の研究員が立ち、一礼する。

「ただいまご紹介にあずかりました、科学捜査研究所は捜査支援研究室の主任研究員です。さっそく本題に入らせていただきます」

彼は歯切れよく、

「連続放火事件は、おおよそ六型に分けられます」

と語りはじめた。

「まずストレス解消、やつあたりが理由の放火です。会社で上司に叱責《しっせき》された、恋人にふられたなどのむしゃくしゃを放火で晴らそうとする型がこれに当たります。連続放火犯の半数以上がこの型だとも言われ、逮捕後は一様に『火を見るとすかっとした。爽快《そうかい》だった』と供述します。

次に保険金目当ての放火。これも件数は多いです。しかし今回のケースには当てはまらないでしょう。

次にテロ行為としての放火。日本ではまれな事例ですが、今回は市の公民館に火を放たれたこともあり、市への抗議活動という可能性はあり得ます。ただしたいていの場合は、警察やマスコミなどに声明文が届くのが定石です。

四つ目は隠蔽《いんぺい》するための放火。人を殺したあと、物証などを隠滅するため火を放つケースです。これも今回の件には当てはまらないと思われます。

次に、英雄願望を満たすための放火です。火をつけたあとみずから消火したり、第一発見者として警察や消防に通報することで、英雄願望や承認欲求を満たします。みなさんもご存じのとおり、今回の犯人は初期の段階では、みずから火を消し止めていました。その事実を考慮しますと、この型である可能性は否定できません。

最後に、ピロマニアの放火です。ピロマニアは放火によって性的興奮を得る変質者で、年齢性別を問わず存在します。実例としてはイギリスの有名な放火犯ピーター・ディンスデールや、ミア・クラークなどが挙げられます。

以上、六型が放火犯の類型です。保険金目的と隠蔽目的以外の型では、野次馬に混じって現場に残るケースが多いと言われています。

またここで付けくわえたいのは、昨今の放火事情の変化です。旧来、田舎の放火は動機に怨恨《えんこん》が多く、都市は『ストレス解消型』の無差別が多いとされてきました。ですが近年はよほど閉じたコミュニティでもない限り、田舎でも無差別放火が増えています。とくに正護北のような、町村合併によって急激に人口が増えた土地ならばなおさらです。

以上の情報を踏まえ、考慮した上で、今後の捜査をお願いいたします」

第一回捜査会議を終え、捜査員たちはひとまず散った。

情報が揃《そろ》い、捜査が進んでくれば、捜査本部のある署に連日泊まりこむことになる。だがまだその段階ではなかった。

飲みに誘われぬうち、鳥越はさっさと正護北署を出て駅に向かった。四駅ぶん電車に乗り、コンビニに寄ってからアパートへと戻る。陽気な仮面に反して、彼は一人でないと安らげないたちだった。

──テリトリーに入れていい例外は、鴉だけだ。

ざっとシャワーを浴びて、室内へと戻る。

さて、と座布団にあぐらをかき、コンビニで温めてもらった幕の内弁当をひろげた。発泡酒のプルトップに爪《つめ》をかけたそのとき。

こつこつ、と外からガラスを叩く音がした。

思わず目を向ける。ベランダへつづく掃き出し窓を、二羽の鴉がくちばしでつついていた。

鳥越は腰を上げ、サッシを開けた。

「よう」

一羽は、朝にも来たハシボソガラスだった。そしてもう一羽は、日中に歓楽街で見かけたハシブトガラスである。鳥越が「ボス」と呼んだ若い雄だ。

別種の鴉がともに姿を見せるのは、ごく珍しい。

鳥越は二羽を迎え入れ、掃き出し窓を閉めた。今夜は冷える。ベランダでの晩酌はとうてい無理そうだ。

「案内してもらったのか？　来るとわかってりゃ、もっとメシを買っておいたんだがな。たいしたものがなくてすまない」

ボスに話しかけながら鳥越は、塩分がすくなそうなおかずと、いくらかの白飯を弁当の蓋に取り分けた。鳥越にとって鴉は人間よりよほど有能な情報屋である。ぞんざいな扱いはできない。

蓋を床へ置く。間髪容《い》れず、鴉たちが食べはじめた。

鳥越はしばし彼らを眺めてから、テーブルに置きっぱなしのスマートフォンを手に取った。ロックを解除し、バイブから通常モードに切り替える。

ＬＩＮＥの着信が数件あった。

一件目は、水町未緒巡査からだ。

『予定どおり来週に戻ります。捜査本部が立ったと、同期から聞きました。放火殺人だそうですね。復帰し次第、合流いたします』

ごく簡潔なメッセージだった。伊丹光嗣についての情報はいっさいない。

――伊丹くんには、会えたのか？

そう尋ねたかった。だが、迷った末にやめた。

自分が兄貴づらできる立場なのか、よくわからなかった。伊丹のことで水町にどんな態度を取るべきか、いまだ決めかねてもいた。

――水町相手に、いまさら道化ぶるのもそらぞらしい。

結局、鳥越はあたりさわりのない返信を送りかえした。

つづけてメッセージを確認する。

二件目は三宅美園からだった。昼間に会った看護師だ。状況によってはまだ情報が引きだせそうな相手と判断し、無難かつ愛想《あいそ》のいい返事を送っておいた。切るのはいつでもできる。キープしておいて損はない。

――こういう打算ずくの人付き合いなら、得意なんだがな。

「おっと。駄目だ、これは駄目」

缶にくちばしを突っこみかけていた鴉を、鳥越は慌てて制した。

鴉にアルコールは禁物である。当然ながら人間より肝臓がちいさいし、飛ぶ生き物に酩《めい》酊《てい》は命取りだ。犬猫なら酔っても地面に倒れればいいが、鳥は墜落してしまう。

「水を持ってくる。待ってろ」

言いおいて立ちあがった。窓の外をふと見やる。

雪が降りはじめていた。

――どうりで冷えると思った。

しかも水分を含んだ、重い牡丹雪《ぼたんゆき》である。このぶんでは朝までに二、三センチは積もりそうだ。

「おまえらも巣が心配だろう」

鳥越は鴉たちを見下ろした。

「今夜は、早く帰ったほうがよさそうだな」

電話の着信音が夜気を裂いたのは、午前二時半のことだった。

鳥越は跳ね起き、官品の携帯電話を耳に当てた。

「トリ！　また放火《アカウマ》だ！」

耳もとで鍋島係長が怒鳴る。

「例の野郎だろう。今回は映画館を狙《ねら》われた。レイトショウに来ていた観客と映写技師が、全員死亡だ。六人殺された！」

係長の語尾は、怒りでわなないていた。

6

燃やされたのは、創業五十四年を誇る老舗《しにせ》映画館『銀映座《ぎんえいざ》』だった。

市街地ではなく〝大字〟の付く土地に建っている。しかし国道にほど近く、まわりにはパチスロ店、ドラッグストア、セレモニーホールなどが建ち並んでいた。

鳥越は現場へ一歩踏み入った。

消火剤の臭いがつんと鼻を突く。火事特有の燻《いぶ》したような臭いや、化学製品が溶けた臭いと混ざりあい、えも言われぬ不快な刺激臭と化している。

鳥越も四谷も靴カバーを二重に履き、手袋をはめていた。

被害者たちの遺体は、すでに運びだされたあとだった。機動捜査隊によって、足場はビニールシートとブルーシートで確保されている。鑑識による微物採取と、調査官による検視も済んだようだ。

「手口は前回と同じだ。火点は非常口付近。発泡スチロールをはじめとする燃えぐさが運びこまれていた」

鍋島係長が、苦虫を嚙みつぶしきった顔で言う。

「非常口へは行けないため、当然、みな表玄関に殺到する。しかし犯人は、今回は南京錠の施錠をしっかりこなしていきやがった。——火災報知器の作動は、午前二時五分。消防隊が駆けつけたのが、約二十五分後。隊員が鎖を切って扉を開けたのが、約三分後。しかし遅かった。戸口の前で、六人全員が折り重なるように倒れていた。うち四人は脈があったが、搬送先で亡くなった」

「スプリンクラーは？　作動しなかったんですか」

「見てのとおり、ごく小規模な映画館だ。この大きさじゃ、屋内消防栓もスプリンクラーも設置義務がないんだとよ。あったのは火災報知器、消火器、誘導灯だけだ。みなパニックになっちまったんだろう。消火器どころじゃなかったようだ」

被害者は大学生二人、男性会社員一人、七十代の女性二人、そして映写技師の六人であった。

上映していた映画は、今村昌平《いまむらしょうへい》監督の『復讐《ふくしゅう》するは我にあり』。ブルーリボン賞と日本アカデミー賞を受賞した名作だが、この禍々《まがまが》しいタイトルが、いまはなんとも皮肉に映った。

「犯人は前回の失敗を踏まえて動いたんですね。どの消防分署からも遠い地区に放火し、施錠も最後までやりとげた。それにしても消防士が鎖を切って、扉を開けるまでに三分ですか？　時間がかかりすぎでは？」

鳥越は係長に尋ねた。

「それが、今回は中からも施錠されていたらしい。ハリガンでこじ開けた跡があるから、手こずったのは確かだな。くわしくは消防士本人に訊こう」

鍋島係長が窓の外を親指で示す。

指された方向を見て、鳥越は眉根《まゆね》を寄せた。

――佐々野だ。

消防車のまわりで作業する消防士たちの中に、昨日話を聞いた副士長が交じっていた。制服ではなく私服だが、消火活動に加わったのか、煤で顔が真っ黒だった。

――なぜあいつが？　非番のはずじゃ？

消防士の勤務は、朝八時半から翌日の朝八時半までの二十四時間制である。署によって二交替制か三交替制かは異なるが、公民館の火事に出動した佐々野が非番なことだけは間違いない。

係長に目くばせしてから、鳥越は窓を開けた。

「佐々野さん！」

声で佐々野が振りかえり、

「あ――、昨日の刑事さん」

と瞠目《どうもく》した。

「私服でどうしたんです。消防服は？」

「非番だったもので、急遽《きゅうきょ》このまま参加しました。本来は禁止されていますが、無理ですよ。これほどの火災を、黙って見ていられません」

鼻息荒く言う。その瞳は、煤と煙のせいでなく、はっきり潤んでいた。

「このご近所にお住まいですか」

「いえ、普段は官舎に住んでいます。でもこの近くに祖母の家がありましてね。予報が雪だったんで、庭木の冬囲いをしに来たんです。一杯やってそのまま泊まったら、この火事ですよ」

彼は頰をゆがめた。

「『銀映座』は、地元の住民にすごく愛されてきたんです。お客だって、みんなここらの人ばかりですよ。今夜搬送されたり、亡くなったかたの大半は、おれとも祖母とも顔見知りでした。……ほんとうに、なんでこんなことになったのか……」

語尾が涙で滲《にじ》む。

　彼はぐいと拳《こぶし》で顔を拭《ぬぐ》った。

「おれの祖父《じい》さんの代なら、消防団がもっと早く出動できたでしょう。畜生、いまも団があの頃の規模だったら、みんな死なずに済んだかも……」

　佐々野はつづく言葉を呑み、肩を落とした。

「いや、しょうがないことですよね。これも時代です。……ただでさえ少子化だし、いまの若者に、消防活動の強制なんてできません」

　しょんぼりとうつむく彼の背後で、消防士たちが後始末を済ませ、備品を積み、消防車に乗りこんでいく。しぶとく居残っていた野次馬も、さすがに散りつつあった。

　佐々野の靴のサイズを目測しつつ、

「今回出動したのは比多門分署第二係ですか？」鳥越は訊いた。

　ええ、と佐々野がうなずく。

「ではあらためて後日、お話を訊かせてもらいます。第二係の各隊長にも、そうお伝えくださ――」

　言いかけた鳥越の言葉を、ぎゃあっ、と濁声《だみごえ》がかき消した。

　鴉の声だ。鳥越は素早く首を向けた。

　散っていく野次馬の中に、女が交じっている。ニットキャップに厚手のコートで体形がわかりにくいが、猫背と顎のラインに見覚えがあった。

　三宅美園だ。

──偶然か？

二つの火災現場に臨場した佐々野。同じく野次馬に来た三宅。

佐々野の説明には、それなりに筋が通っていた。三宅は不規則なシフトだろうから、宵《よい》っぱりでもとくにおかしくはない。

──だが佐々野の祖母宅がほんとうに近所かは、調べなきゃならんな。三宅の住まいも同様だ。

佐々野に礼を言って現場に戻り、鳥越は鍋島係長に報告を済ませた。

次いで、四谷を呼び寄せる。

「なんです？　鳥越さん」

「おまえはデジタルネイティブの世代だろう。ＳＮＳもやってるよな？」

「はい。それなりに」

「では三宅美園がおれにくれた画像と動画をもとに、彼女のアカウントを探してくれ。あの手の輩《やから》はちょっと珍しい画像が撮れれば、すぐにアップして〝いいね〟を集めたがる。ついでに佐々野消防士のアカウントも探せ。比多門分署の画像を当たっていけば、いずれ見つかるだろう」

「了解です」四谷がうなずいた。

雪の中を消防車が帰署していく。鎮火報の鐘が、すこしずつ遠ざかる。

消防車のリアを窓越しに見送り、鳥越はかすかに唇を曲げた。

＊　＊

み🔑　@Mii_mi6666　5月18日
フォロワーを全員、ブロ解して整理した。鍵をかけ、DMを閉じた。IDもアカ名も変えた。
今日からここは愚痴垢《あか》にする。フォロワーなんか0でいい。誰も読んでくれなくてかまわない。いや、誰にも読んでほしくない。

み🔑　@Mii_mi6666　5月21日
糞《くそ》。みんな糞。この世には糞しかいない。職場は最悪。クレーマーばかり。同僚も上司も糞。みんな自分だけは特別だと思いこんでいる、ただの糞。
みんな死ねばいい。みんな燃えろ。

み🔑　@Mii_mi6666　5月22日
なぜ働かなきゃいけないんだろう？　働きたくない。働かなくても生きていけるだけの金がほしい。
世の中は不公平だ。無能の屑ほど、親の金でのほほんと生きている。ときどき、強盗してでも金がほしいと思う。それくらい、働きたくない。

み
@Mii_mi666　5月27日
今日、駅ではじめて〝ぶつかり男〟を見た。若い女とか老人とか、弱そうなやつにわざと体当たりしていくアレだ。はじめて実物を見た。
でも普通のやつだった。イキリ野郎っぽくない、普通の地味なやつだ。あんな弱そうなやつがやるのかと、意外だった。

み
@Mii_mi666　5月30日
例の〝ぶつかり男〟が頭から離れない。不快だったのに、忘れられない。自分にもできるんじゃないか、と思ってしまう。
あんな弱っちそうなやつがやっていたんだから、自分にだって、と。

み
@Mii_mi666　6月3日
またアレが来た　捨てた

み
@Mii_mi6666　6月7日
今日もわけのわからないことで叱《しか》られた。こっちの責任じゃないのに。後輩のミスを押しつけられた。また貧乏くじ。いつもおればかり。おればかり。
後輩は係長に気に入られて、でかいつら。調子に乗っている。なんでもこっちのせいにしてくる。反撃するには、証拠を集めないと。

み
@Mii_mi6666　6月9日
ストレスが溜《た》まりすぎている。〝ぶつかり男〟の真似《まね》ができたら、と思う。でもできない。できないことはわかっている。
倫理の問題じゃない。他人の体に直接触れるなんていやだ。考えるだけでぞっとする。

み
@Mii_mi6666　6月15日
アレが届いた　捨てた
これで何度目だ？　たぶん現実じゃなく、幻覚？　なんだと思う

み
@Mii_mi6666　6月16日
糞係長　殺したい

いつかきっと人を殺すと思う　耐えられない

み🔑@Mii_mi666　6月18日
みんな死ね　世界中みんな死ね　くたばれ　ぶっ殺したい

み🔑@Mii_mi666　7月2日
アレの差出人がわかった。幻覚ではなかった。
この便箋《びんせん》。この言葉。懐かしい。なんでか、いま、涙が止まらない。鍵垢にしておいてよかった。
（添付画像：中央に一言〝燃やしてみろ〟とだけ書かれた、浅葱《あさぎ》いろの便箋。筆跡は子どものような金釘《かなくぎ》流。便箋はマーク入りらしいが、一部しか写っていない）

み🔑@Mii_mi666　7月10日
係長が今日も糞。おまえの家を燃やしてみせてやろうか？　でかい火柱を立ててやろうか？　そんなふうに思うのを、止められない。
こんなおれになってはいけないのに。

み🔑@Mii_mi666　7月15日

世の中　クレーマーばかり　なんのために我慢してるんだろう？？？
(添付画像：前回と同じく〝燃やしてみろ〟と書かれた浅葱いろの便箋)

み
@Mii_mi6666　7月17日
空きペットボトルに灯油を入れて、深夜の散歩。火。オレンジの火。
うわっと思った。
いやな「うわっ」じゃなかった。でも怖かった。消して、すぐ逃げた。
(添付画像：〝燃やしてみろ〟と書かれた便箋)

み
@Mii_mi6666　7月31日
世の中のみんな、どうやって我慢している？　どうやって、火もつけずに我慢して働いてるんだ？　なにもかも燃やしたくならないのか？
(添付画像：〝燃やしてみろ〟と書かれた便箋)

み
@Mii_mi6666　8月20日
お盆が終わって、町から急に人がいなくなった。都会からの客は、みんな帰った。
こっちの仕事は盆も正月も関係ない。笑ってしまう。みんな糞。糞溜め。
ついに二度目の火を作ってしまった。われに返ってすぐ消したが、怖い。怖くてたまらない。

こうなるはずじゃなかった。

(添付画像：〝燃やしてみろ〟と書かれた便箋。端が大きく焦げている)

第二章

1

『正護北公民館放火殺人事件』あらため『正護北連続放火殺人事件』の死者は、これで七人となった。

細川《ほそかわ》千砂《ちさ》（32）市の臨時職員。

森下《もりした》笙《しょう》（21）県内在住の大学生。映画サークル所属。

近《ちか》夏織《かおり》（21）右に同じ。

菅沼《すがぬま》慎吾《しんご》（35）隣市在住の会社員。

辰見《たつみ》敏江《としえ》（71）無職。レイトショウの常連。

寺山《てらやま》みち子（72）右に同じ。

斎藤《さいとう》清次郎《せいじろう》（69）『銀映座』の映写技師。

全員、死因は一酸化炭素中毒である。不幸中のさいわいと言うべきか、顔は比較的きれいで身元確認は容易だった。

徒歩で通える距離の斎藤清次郎以外は車で来ており、駐車場にあった車のナンバーで所有者の調べが付いた。

T社のセダンは菅沼慎吾、M社のSUVは森下筆、H社の軽は辰見敏江の名義であった。近夏織は森下の車に、寺山みち子は敏江の車に同乗して来たとおぼしい。また車内から、それぞれの荷物が見つかった。

映画館の焼け跡付近から採取できたのは、前回と同じく二十五・五センチのスニーカーの靴跡。少量の泥。軍手らしき繊維。

あとは燃えぐさと、どろどろに融《と》け残った百円ライター。同じく融けたペットボトルの残骸《ざんがい》のみだ。

そのほかはすべて焼けた。発泡スチロールやペットボトルに付着したかもしれない犯人の指紋も、掌《て》の脂も、服の繊維も焼失した。

燃えぐさには、今回も可燃ゴミの袋が持ちこまれていた。前回は栄本町から盗まれたゴミだったが、今回は北上《きたがみ》町のゴミであった。

出火当時、周囲で防犯カメラを作動させていたのは国道沿いのパチスロ店のみ。一応、捜査本部で同店のカメラ映像を入手した。しかし犯人が、わざわざ国道側に逃げたとは思えない。手がかりが得られる見込みはきわめて薄かった。

朝の捜査会議が終わった。

捜査員たちが班ごとに次つぎ出ていく。

だが出る一方かと思われたその扉から、堂々と入ってきた者がいた。六十代後半とおぼしき男性だ。

――やけに仕立てのいいスーツだな。

鳥越は目を細めた。

酒焼けしたような赤ら顔で、恰幅《かっぷく》がいい。男性はほかの署員に目もくれず、まっすぐに正護北署の署長に歩み寄った。

なにごとか話しだす。いや怒鳴っている。指を振りたてて、なんとも高圧的だ。署長の横顔が、心なしか引き攣《つ》っている。

男は一方的にまくしたてたあと、強引に署長の手を取った。強く握る。横に立っていた副署長や捜査課長とも、つづけて握手する。

「正護北区《うち》の区長ですよ」

四谷が鳥越にささやいた。だろうな、と鳥越は思った。

すすんで同性の手を握りたがる老年男性は、日本では政治家くらいのものだ。しかも警察署長相手に強い態度を取れる立場の役職は、ごく限られている。

「……にかく、こんなふざけた凶行を、野放しにしておくわけにはいかない。これは比多門町――いや、北区の民主主義への挑戦だよ。冒瀆《ぼうとく》と言ってもいい」

区長の声がやっと耳に届いた。

やけに鼻息の荒い区長は、まわりにいた捜査員を捕まえては握手していく。手あたり次第に肩を叩《たた》く。

「頑張ってくれ。頑張ってくれたまえ。きみたちの双肩に、事件の解決がかかってるんだ。北区のために、力を尽くしてくれ」

捜査員のほとんどは困惑顔だ。だがまさか振り払うわけにもいかず、おとなしく区長の激励を受け入れている。

区長は捜査本部をぐるりと見まわし、鳥越に目を留めた。

おや、という顔になる。無遠慮に「おい」とこちらを指さす。

「そこのおまえ、何人《なにじん》だ？」

四谷がぎょっとするのが目の端に見えた。

鳥越は眉《まゆ》ひとつ動かさず、「日本人です」と答えた。

「日本で生まれ育ち、国籍も日本です」

「だが純粋な日本人じゃないだろう」

「父方の祖父が、アメリカ人だそうです」

素直に鳥越は答えた。この手の人間に、デリカシーだのポリティカル・コレクトネスだのを説いても無駄だ。むしろ立ち入ったことをずけずけ訊《き》ける自分を〝男らしい〟と誇るふしさえある。

「アメリカ人？　米兵か？」

「そう聞いています」

「ふん」

区長は鼻から息を抜いて、

「……××××、か」

ぼそりと、だがはっきりと差別的な言葉をつぶやいた。四谷の顔が、ますますゆがむ。

「まあいい。身元はちゃんとしてるんだろうな？」

「公務員試験を受けた際に、その点はクリアしています」

「そうだったな」

区長はうなずき、四谷に目を移すと、

「おお、こりゃまた若いじゃないか。フレッシュな新人、ってやつか？　え？」

なにがおかしいのか、自分の言葉にのけぞって笑う。インプラントだろうか、歯並びのよすぎる歯が剝《む》きだしになった。

「頼んだぞ。きみのような若手が足で捜査することで、この町に平和を取りもどせるんだ。一刻も早く事件を解決に導いてくれ」

ずかずか歩み寄ると強引に握手し、四谷の肩を何度も叩いて、区長は大股《おおまた》に去っていった。

鳥越には握手どころか、最後まで指一本触れなかった。

約五分後、鳥越は四谷を連れて捜査本部を離れた。

向かった先は、公民館火災の唯一の死者である女性臨時職員の自宅だった。

「……なんというか、いまだに実感がなくて……」

被害者の夫は呆《ほう》けた声で言い、髭《ひげ》の伸びた顔を擦《さす》った。

L県信用金庫の行員だという彼は、一軒家の借り上げ社宅に住んでいた。平屋ながらもちいさな庭に山茶花《さざんか》が咲き、カーポートにはファミリー向けのワゴン車が駐《と》まっている。つくねんと彼が座るリヴィングには、娘のものらしい絵本やおもちゃが散らばっていた。

当の娘さんは？　と訊くと、

「義母に――妻の母に来てもらって、いまは二人とも奥座敷にいます。うちの子はまだ二歳でしてね、なんでお母さんがいなくなったか、わかっちゃいません。でもね、わからないなりに、寂しがって泣くんですよ。もちろん、当たりまえと言えばそうなんですが、その当たりまえがね、いまは、どうにもいじらしくて……」

彼は声を詰まらせ、うつむいた。

「……すみません。見苦しいところを、お見せして」

「いえそんな」

四谷が慌てて口を挟んだ。

「ご家族が亡くなったばかりなんですから、当然です。謝らないでください」

なだめ役は四谷に任せ、鳥越は淡々と質問を済ませていった。

もとよりこの行員の妻を、犯人がメインで狙《ねら》ったとは考えづらい。彼女は夫の転勤に合わせ、二年から四年のサイクルで引っ越していた。北区に住みはじめたのもつい八箇月前だという。

「つ、妻にはいつも、わたしの転勤に付きあわせていました。いま思えば、ほんとうに申しわけなかった……」

両膝《りょうひざ》に手を突き、うなだれて夫は言った。

「妻はいつも、働きたがっていたんです。でも転勤のことがありますから、正社員ではどこも採用してくれませんでね。だから、臨時職員だったんです。……わたしのせいです。わたしさえこんな仕事じゃなかったら、あいつはもっと違うところで働けて、あんなふうに死なずに済んだんだ。そ、そう思うと、わたしは……」

涙が夫のジャージの膝に落ち、じわりとちいさな染みを作った。


つづいて会ったのは、公民館火災に居合わせた三人の若手市議である。

いまのところ、被害者の中で唯一〝要人〟と呼べるのが彼らであった。連続放火をテロ目的と考えたとき、かろうじて標的と言えそうな人物だ。

彼らは一番年かさの議員の後援会事務所に集まり、まとめて聴取に応じてくれた。

「なぜあの場にいたか、ですか。知人に誘われたからです」

〝一番年かさの議員〟は、そう眉を下げた。

三人とも、三十代なかばに見えた。火災の際に火傷《やけど》を負ったらしく、頬《ほお》や手の甲にそれぞれ絆創膏を貼っている。

名刺ももらったことだし、この場では名を覚えずともよい、と鳥越は判断した。

脳内で、年齢順に〝議員A・議員B・議員C〟と記号を割りふる。

「役場の総務課に、わたしの昔馴染《むかしなじ》みがいましてね。『準備の手が足りないときは、いつでも声をかけてくれ』と言ってあったんです。ボランティアの手が足らないとかで、電話をもらったのは前日でした。それで、同じく三区のこの二人にも声をかけたんですが……。まさか、こんなことになるとは」

そう言う議員Aは三世議員で、議員Bは二世だという。

いわゆる『地盤・看板・鞄《かばん》』の三要素をお膳立《ぜんだ》てされた御曹司《おんぞうし》だ。二人ともつるりと整った顔で、同じく世襲である歌舞伎《かぶき》役者をどこか思わせる。

そして残る議員Cは、目を赤く腫《は》らしていた。

「映画館の火事で死んだ辰見敏江は……、ぼくの、伯母《おば》なんです」

ぐす、と洟《はな》を啜《すす》る。

「伯母は生涯独身で、校長までつとめた傑物でした。ぼくが政治の世界に入ったのも、伯母の『社会をよりよくしたい』という姿勢に感化されたからでして……。お、伯母に二度と会えないなんて、まだ信じられません」

「失礼ですが、伯母さんが誰かに恨まれていた、というようなことは？」

「ありませんよ！」

憤然と議員Cが言う。

「伯母は誰《だれ》からも尊敬されていました。故人を侮辱するのはやめてください！」

つばを飛ばして怒鳴る彼の横で、議員Aと議員Bが目くばせし合う。それに気づいた鳥越は、議員Cを手で制した。

「ちょっと失礼。そちらの方、言いたいことがおありでしたらどうぞ」

「ああ、いや……。誤解しないでください。べつに辰見先生がどうとかではないんです。彼の言うとおり、先生は立派な方でした。間違いありません」

議員Aが急いで手を振る。

「ではなんです？」

「あのう、なんといいますか……。これはあまり、大ごとにしないでほしいんですが」

「それは内容によりますね。お聞かせ願えますか」

議員Aは隣のBをちらりと見てから、

「じつは、怪文書と言いますか、脅迫状と言いますか……おかしな手紙がね。何人かの後援会事務所や、式典の準備委員会に届いたようでして」

と言った。

「脅迫状？　どんな内容ですか」

「まあ、そのときは、定型文と思ったんですが」

もごもごと歯切れ悪い彼に替わって、議員Bが鳥越に答える。

『燃やすぞ』『真冬に焼けだされたいか』などの脅し文句です。たいていは、便箋《びんせん》に一行だけでしたね」

「それは、あなたがたの事務所に届いたんですか？」

「いえ。わたしらは〝反対派〟ですから……」

「反対派？」

いま一度、議員Aと議員Bは目くばせをした。

諦《あきら》めたようにAが言う。

「いま正護北区の旧比多門町側には、大規模な土地開発の話が持ちあがっているんです。言うのもお恥ずかしいですが、合法カジノを核としたIR、つまり統合型リゾートを誘致しよう、とね」

「ほう」

鳥越はすこし身を引いてから、

「で、あなたがたはその誘致計画に反対なんですね？」

と念を押した。

「そりゃあそうですよ。いまどき箱モノをおっ建てて経済を動かそうなんて、バブル期じゃあるまいし、時代遅れもいいとこです」

議員Aはうんざり顔で言った。

「だいたい箱モノで潤うのなんて、ごく一部の業者だけですよ。とくにカジノは問題外だ。

市民は治安の悪化に泣かされ、ギャンブル依存症患者の増加に泣かされ、の多重苦になるのが目に見えてます。血税とはもっと堅実に、地元住民のためインフラ整備などに使われるべきなんです」

生真面目《きまじめ》に演説する議員Aを鳥越はさえぎって、

「つまり脅迫状をもらったのは〝賛成派〟のほうなんですね。実際に脅迫状をもらった議員の名前はご存じですか？」と尋ねた。

議員Bがため息をつき、右手を上げる。

「――父です」

「は？」

「ぼくの父、『みなみ信吉《しんきち》』が、賛成派の急先鋒です」

鳥越は一瞬まじまじと彼の顔を見つめ、さきほどもらったばかりの名刺に目を落とした。

議員Bの名刺に刷られた文字は『無所属　南吉春《みなみよしはる》』。

ほぼ同時に鳥越は思いだしていた。

そうだ、確か正護北区の区長の名は――。

四谷が鳥越の耳に口を付け、

「南信吉氏はうちの区長です。さっき会いましたよね？　吉春さんは、区長のご長男です」とささやく。

似てねえ父子《おやこ》だな――。

内心でつぶやき、鳥越は名刺をポケットにおさめた。

南はこのあたりに多い姓なので、咄嗟《とっさ》に結びつけられなかった。だがなるほど、それなら議員Aの目くばせにも納得である。彼は区長の息子という立場を慮《おもんぱか》り、議員Bこと南吉春の意向をうかがったわけだ。

「父は、区長としては二期目です。IR誘致の強硬な反対派として再選したんですが、直後に賛成派に寝がえりまして……」

面目ない、と言いたげに肩を縮める。

「このあたりはもともと伝統を重んじ、変化を嫌う土地柄なんです。ただでさえ市町村合併で、『旧・比多門町側』は存在感を失《な》くしつつあります。地元のよさを残しながらも土地柄をアピールすべく、地元民は奮闘しているんですよ。正直言って……父の不誠実さに憤る人たちがいるのも、わかります」

「失礼ながら、その背信行為で支持率は落ちなかったんですか？」

「落ちましたよ。一番ひどいときで十パーセントほど落ちたかな」

吉春は素直に認めた。

「でも父は、イメージを保つのが巧《うま》いんです。マッチョで豪放磊落《ごうほうらいらく》で、でも肝心な根っこはクリーン、というイメージをね。IR誘致を訴えるのがダーティな議員だったら、説得力に欠ける。父はそこをよくわかってるんです」

ちなみに映画館の火災で亡くなった元校長、辰見敏江は〝誘致反対派〟の筆頭だったという。

映画館火災の晩のアリバイは、市議三人とも「家で寝ていた」だった。

礼を言い、鳥越たちは後援会事務所を出た。

2

次に鳥越と四谷は、映画館『銀映座』のオーナーから話を聞いた。

「採算度外視で、完全に趣味でやってた映画館だよ」

普段はホテル暮らしで、出火当時もホテルにいたというオーナーは、八十代の小柄な老人だった。県内各地に駐車場やマンション等の不動産を持つ、親の代から富裕なご隠居である。

五十五年前、税理士に「節税のため、喫茶店経営でもどうです」と言われ、

「茶より映画のほうが文化的だ」

とはじめたのが、かの『銀映座』だったそうだ。

節税対策の経営なので、当然ながら黒字目的ではない。オーナーの趣味で上映映画を選んでいたら、SNSの影響で一部にカルト的な人気が出てしまい、ここ五年ほどは大学生の客が多かったという。

「……ここ十年、レイトショウの居残り当番は、ずっとセイさんだった」

呻《うめ》くようにオーナーは言った。

セイさんとは、映写技師の斎藤清次郎だ。

「あの人は若い頃《ころ》から、四時間以上眠れん体質だったからな。それに人柄も確かだった。夜中はセイさん一人に任せておいて、なんの問題もなかったんだ。夜中は受付も、売店ももぎりも、ぜーんぶセイさんが兼任さ」

つまり出火当時、受付にもスタッフルームにも人はいなかった。各出入口の鍵《かぎ》も、レジスター以外はまったくの無防備であった。

またそれを「地元民なら、みんな知っていた」とオーナーは言う。

「だってこんな田舎の映画館、取るもんなんかレジの小金くらいだよ。とくにレイトショウなんて、来るのは常連さんか学生くらいだ。一見《いちげん》なんかまず来やしない。警戒するのも馬鹿らしいかと……」

そういうわけで、あの夜スタッフルームから鍵を盗み、内側から施錠するのは「誰にでもできた」と彼は言う。

なお消防車の放水が遅れた理由については、

「消火栓が遠く、川から水を引こうにも川が干上がっていたらしい」

とオーナーは語った。

実際あの夜に雪が降るまでは、一週間以上曇天つづきだった。空気は、皮膚がひりつくほど乾燥していた。

「……映画館は、もう再建できねえな。セイさんもいなくなっちまったし……。ああ畜生、どこのどいつか知らないが、ひどいことをしやがる」

そうがっくり肩を落としたオーナーは〝IR誘致賛成派〟の一人であった。

亡くなった映写技師は、逆に反対派だったという。


映画館を出て市街地行きの巡回バスに乗ると、ほかに乗客はなかった。最後列のベンチシートに、鳥越と四谷は肩を並べて座った。

「鳥越さん、例のSNSの件ですが」

バスのエンジン音にかき消される程度の声で、四谷がささやく。

「見つかったか」

「はい。マル三《み》は動画検索であっさり」

自前のスマートフォンを、鳥越の眼前に突きだす。

数回のタップで、三宅美園のアカウントが表示された。

やはり彼女は、映画館火災の夜も現場に来ていたらしい。十五秒ほどの動画までアップされていた。「こわーい、やばい。見てられない」と、そらぞらしいコメントが添えてある。

「マル佐《さ》のほうも簡単でした。消防署の公式アカウントと相互フォロワーですよ。また公式アカには、表彰の記事が載ってました」

四谷が指で画像を拡大する。

活動服の佐々野が、賞状を持って分署長らしき男と並んでいた。なにかの消火活動で表彰されたらしい。賞状に書かれた名は『佐々野充《みつる》様』だった。

「マル三はインスタ、Twitter、TikTok、フェイスブックのアカウントを持ってます。マル佐はインスタとTwitterですね。さかのぼって記事を追ったところ、マル佐の祖母の家は、ほんとうに映画館の近くにありました。映りこんだ柿の木や屋根の色などをストリートビューで参照したんです。またマル三の住まいは、市民病院の近くでした。焼けた映画館までは、車で二十分近くかかります」

「それもストリートビューで確認したのか」

「そうです。ほら、これ。マル三がアパートの室内から、窓を背に撮った自撮りです。ガラス越しに病院とコンビニの看板が写ってますし、この角度で見えてるってことは、どこの通りのアパートかもバレバレですよ」

「なるほど。おれは一生SNSはやめておこう」

鳥越はうなずいた。

「IR誘致に関して、二人はコメントしていたか?」

「マル三は『観光客が来て、お金落としてくれるならいいんじゃない?』程度のゆるい賛成派です。マル佐は強硬な反対派ですね。治安の悪化、火事の増加率などを、マカオやシンガポールの例をあげて整然と述べたてています」

「ふん。どこまでも優等生のいい子ちゃんってわけか」

　鳥越は鼻で笑った。

　四谷が彼をちらりと見る。

「鳥越さん、マル佐がお嫌いですか？」

「おまえがやつを合コンに誘うなんて言うからだ」

　液晶に目を落としたまま、鳥越は言った。

「合コンでおれの敵になりそうなやつは、一刻も早く亡き者にしなければな」

「……どこまで本気で言ってます？」

「百パーセント嘘《うそ》だ」

「安心しました」

　バスが停留所に停《と》まった。個人医院の帰りらしい老人が、数人乗りこんでくる。四谷は素早くスマートフォンをしまった。


　牛丼屋で並盛りをかきこみ、二人は捜査本部に戻った。

　鍋島係長に報告を済ませ、一服すると、すぐに夜の捜査会議がはじまった。

　正面のシルクスクリーンに正護北区の地図が映しだされる。あちこちに散った赤いポイントは、一連の放火が起こった場所だ。

「ご存じのとおり、正護北区は八賀市と比多門町の合併によって生まれた区です。この地図を見れば、今回の七件の放火すべてが旧比多門町側でのみ発生していることがわかります」

司会は前回と同じく、正護北署の強行犯係長であった。

「一、二件目は小火《ぼや》で、住宅街。三、四件目も同じく小火ですが、こちらは歓楽街で発火しています。五件目は空き家につけ火。そして六件目が公民館で、七件目が映画館です」

旧八賀市と旧比多門町の地形は、ややゆがんだ凹凸形をはめたようで、凸形のほうが旧八賀市、凹形が旧比多門町である。

「えー、科捜研心理担によれば、怨恨《えんこん》目的でない無差別な連続放火犯のほとんどが、徒歩もしくは自転車で放火地点まで移動します。公共交通機関での移動例はすくないとのことです。犯行起点は自宅、もしくは飲み屋が多いようです。

事実、今回の放火でも三、四件目は歓楽街で起きました。つまり犯人は自宅ないしは飲み屋において『むしゃくしゃする。火でもつけてやろう』等の思いを抱き、放火にいたるのです。連続放火の犯人は多くが近隣住民ですが、若ければ若いほど、起点から放火現場への移動距離が長くなりがちです。ただし今回の一連の放火が、無差別かどうかはまだ断定できません」

――もし無差別でないなら、例のＩＲ誘致か。

ホチキスで閉じられた資料を眺めつつ、鳥越は思った。

司会は予想どおり、

「ちなみに〝IR誘致による住民の分断について、複数人から証言が取れた〟旨、各班から報告が上がっております」

とつづけた。

くだんの脅迫状は議員や地元の大手経営者など、発信力の強い〝賛成派〟のもとに届いていた。現在わかっているだけで六名だ。

だが同時に、賛成派から反対派への「殺す」等の脅迫もすくなくなかった。こちらは電話や、SNSのダイレクトメッセージが主だそうだ。

「脅迫手段にデジタルを使うあたり、賛成派のほうが年齢層は若いのか？」

雛壇《ひなだん》から、正護北署長が質問を飛ばす。

「いいえ」

と応じたのは科捜研の研究員だった。

「デジタル使用イコール若者、とは言いきれません。デジタルはアナログより足が付かないと思いこむのは、むしろ中年以上の世代です。脅迫状は現物という確かな物証を残す反面、指紋、消印、防カメなどを考慮した上で慎重に動けば、痕跡《こんせき》を追いづらくすることが可能です。デジタルはプロバイダや基地局を経由せざるを得ないため、追跡が比較的容易です」

「むう……」

署長が腕組みして黙った。

――どちらにしろ、土地勘があるのは確かだ。

鳥越はひとりごちた。

放火犯は『銀映座』の内情を知っていた。いまも住みつづけているかは不明だが、実家や勤務先が旧比多門町にあったことは疑いない。

――歓楽街で起こった二度の小火からして、飲み屋の常連か？

「脅迫状の現物は、明日にでも入手できる予定です。また電話による脅迫のほうは、通信会社から履歴を取り寄せる予定です」

司会はつづけた。

「次に、現場から見つかった少量の泥の分析結果です。主成分はケイ素、アルミニウム、鉄などでしたが、通常の土に比べカルシウムやカリウムの含有量が比較的乏しく、リンと炭の含有量が多いことが判明しました。おそらく過去に火災を起こした地所の土ではないか、とのことです」

「では、ある程度は絞りこめそうだ」

署長がまたも口を挟んだ。

「犯人は、その近くに住んでいる可能性が高いんだな？」

「いえ。〝その地所を経由して現場にたどり着いた〟というだけです。それ以上のことはなんとも」

諫《いさ》めたのは、やはり科捜研の研究員だった。

司会がさすがに署長の顔をうかがう。

同じく雛壇に座った宍戸捜査課長も、ひやひや顔であった。

司会は大げさに咳払《せきばら》いし、〝盗まれたゴミ袋の持ちぬしに接点は見つからないこと、市内のホームセンターの購入履歴を引きつづき追うこと〟を報告して、早々に会議を打ち切った。


鳥越が帰り支度をしていると、鍋島係長が近づいてきた。

「トリ、おまえ今日、南区長の息子のところへ行ったらしいな」

「ええ。公民館火災のマル害の一人ですから。どうかしましたか?」

鳥越は問いかえした。

鍋島係長が言いづらそうに口ごもる。

「あー、いや、息子じゃなく、区長のほうがな……。おまえのことが、なにやら気に障ったらしい。捜本に直電で、おまえの素性を問い合わせてきたそうだ」

「息子さんに渡した名刺で、姓名と階級はすぐわかるのにな」

鳥越は苦笑して、

「で、区長はなにか? ××××がいると空気が汚れる、とでも言ってましたか」

あえて自分から、どぎつい差別語を使ってやる。

「おい、トリ」

「大丈夫ですって、係長」

慌てる係長に、鳥越はにっこりした。

「慣れてます。気にしやしません。それより鍋島係長ともあろう者が、まさか圧力に負けておれをはずさないでくださいよ」

そうだ。なんと言われてもいいが、捜査からはずされるのは困る。

鍋島係長は「当たりまえだ」と請け合ってから、

「だが南区長は、捜本にそうとうなプレッシャーをかけているようだな。おまえも見ただろう、さっきの所轄署長の逸《はや》りよう。残念ながら、横槍《よこやり》を突っぱねられる剛毅《ごうき》な署長じゃなさそうだ。苦情は宍戸さんとおれで食い止めるが、多少の動きづらさは覚悟しなきゃあな」

と眉を曇らせた。

3

署を出て百メートルと歩かないうち、鳥越は足を止めた。

師走《しわす》の凍えた夜気の中、街灯に一匹の鴉《からす》が照らされていた。ガードレールにとまり、羽をたたんで鳥越を見つめている。

「おまえか」

鳥越は会釈した。昨夜も会った、ハシブトのボス鴉であった。

「待たせちまったようだな。すまなかった」

ガードレールからボス鴉が飛びたった。頭上の電線にとまる。鳥越の歩く速度に合わせ、数歩先の距離になるようすこしずつ移動する。

あきらかに歓楽街の方向に誘導していた。どうやら「飲みに行け」とそそのかしているらしい。

まわりに人目がないのを確認し、鳥越は問うた。

「おい。おまえ、いまの区長は好きか？」

ちらりとボス鴉が一瞥《いちべつ》をくれる。

「だろうな」鳥越は苦笑した。

「おれもやつは好かん。……だからこそ、お近づきになりたいぜ」


ボス鴉が彼を導いた先は、旧比多門町歓楽街の隅に建つ雑居ビルであった。

表の壁に看板はない。しかしエレベータに乗ると、壁の案内表示に『三階　バー・ジャルダン』の飾り文字があった。迷わず三階を押す。

扉がひらいた。バーの扉は真正面であった。

「一見《いちげん》なんだが、いいかな」

そう言って扉をくぐった鳥越に、

「あらやだ、なにごと？」

カウンターに立つママが銘仙《めいせん》の袂《たもと》で口を覆った。

五十代なかばだろうか、声がはっきりと野太い。肩も張って、見るからに女性の骨格ではない。

「お客さん、なにその顔、ノーメイクなの？　すっぴんでその顔？　ちょっとこっち来なさいよ。ライトの下でよく見たげる。うーわヤだぁ、ガチですっぴんじゃないの。こっわいわぁ……」

表の看板に『ゲイバー』の文字はなかった。

歓楽街の大通りからややはずれた立地といい、どうやら知る人ぞ知るたぐいの店らしい。まだ十時前のせいか、客は一人もいなかった。

「やだやだ、ウケるー」と頬をぴたぴた触ってくるママに、鳥越はジャケットを広げて警察手帳を見せた。

「すまんが、営業トークはいい。客がいないうちに話をさせてもらえるか」

ママの顔から、瞬時にすっと表情が消えた。

打って変わって不愛想に「座って」と顎で示される。おとなしく鳥越は、正面のストゥールに腰かけた。

「……なに飲む？　言っとくけど、ポリさんだからって奢《おご》らないよ」

「わかってる。水割りをくれ」

「誰からうちのこと聞いたわけ？　ほんっとヤなんだけど」

「そこはいまさら、どうでもいいだろう」

水割りとバターピーナッツが差しだされた。

だがママの仏頂面に反比例して、水割りは薄くなかったし、ピーナッツは炒《い》りたてで香ばしかった。

「連続放火について調べている」

鳥越は言った。ママが目の端をゆがめ、

「もう一回、手帳見せて。中までちゃんとよ」

と指をくいくい動かした。

鳥越は手帳をひらき、隅々まで確認させた。ママがふんと鼻息を抜く。

「県警に電話して、あんたが実在する警察官か訊くわよ」

「どうぞ」

しかしママは電話に手を伸ばさなかった。舌打ちし、鳥越に向きなおる。

「あんた、ほんとに本物のポリさん？　区長のまわし者じゃないよね？」

「なぜそう思うんだ。区長が嫌いなのか？」

「好きなわけないじゃない。あんな腐れヘイトじじい」

「なるほど、ゲイを差別する区長ってわけか。店がこんなわかりにくい場所にあるのも、もしかしてそのせいか？」

ママは直接答えず、「でもうちは、女性客が多いのよ」と意味ありげに言った。

「質問させてくれ。この歓楽街でも、何度か小火が起こったよな？」

「ええ、残飯のポリバケツに火をつけられたの。ただし、つけた本人がすぐ消したみたいよ。度胸のない、腰抜け野郎ね」

「だが腰抜けは卒業したようだ。ふっきれて、公民館と映画館を燃やしやがった」

鳥越はグラスを置いた。

「小火が起こったとき、目撃者はなかったのか？」

「なかったみたい。ここらは見てのとおり、古くて狭い店がごみごみくっついてるしね。コンビニがないから防カメもありゃしない。時間が時間だったし、すれ違う相手の顔なんか酔っぱらいは覚えちゃいないよ」

「小火の夜、喧嘩沙汰《けんかざた》はなかったか？　もしくは酔ってクダを巻く、タチの悪い客の噂を聞かなかったか」

「タチの悪い客を数えあげていったら、きりないわ」

ママはそう吐き捨てたが、やがて銘仙の衿《えり》をなおし、声を低めた。

「……これ、あたしがチクったたって言わないでよ」

「もちろんだ」

「夏あたりから、ずーっとヤな酔いかたしてるやつなら、いる。『オパール』って店のキャバ嬢に惚《ほ》れててさ、でも同伴以上のことはさせてもらえないのよ。キャバ嬢本人にはきつく出らんないから、まわりに当たりちらすの」

「どんなやつだ？」

「まだガキよ。でも消防団の一員だからね。その肩書で飲みに来るわけ」

「消防団……」

そういえば佐々野も消防団の話をしていた、と鳥越は思った。

「消防団員はまだ〝でかいツラ〟ができる立場なのか？　だいぶ規模を縮小したような話を聞いたが」

「昔のご威光がまだ残ってんのよ。あたしが子どもの頃は、消防署が遠くにしかなくってさ。比多門消防団といやぁ、たいしたもんだったの。町の英雄さまだったね」

「ほう」

鳥越はバターピーナッツをかじった。

「美味《うま》いな、これは」

「ポリさんに味がわかるの？」

「そいつは職業差別だ。反へイトの立場じゃなかったのか？」

「確かにそうね。一本取られた」

「それにおれは、学生時代にバーテンのバイトをしてたんでな。カクテルだけじゃなく、ちょっとしたつまみも作らされた。だからわかる。この味はなかなか出ない」

「あんたがバーカウンターにいたんじゃ、女の客が増えたでしょうね」

「売り上げが二・五倍になった。それはそうと、消防団のガキの人相風体を教えてくれ。わかるようなら名前もだ」

「えーとね、ちょっと待って」

ママはカウンターの下にかがみこんでから、「これ」とテーブルの上に、三号ほどの額縁を置いた。

正確に言えば、額縁に入った団体写真であった。年齢のばらばらな十二、三人の男が並んで写っている。先頭の中央でしゃがんだ男は、『比多門消防団様』と名入りの賞状を掲げていた。

「消防団の結成何十周年だかで配られた写真よ。でも、こんなの飾れないじゃない。うちのインテリアに合わないっての」

「納得だ。で、どいつだ？」

無言でママが写真の端を指す。

思わず鳥越は眉を寄せた。

見覚えのある顔であった。昨日、鴉の巣めがけて石を投げていた若僧だ。生っ白《ちろ》い顔に、薄い笑みをたたえて写っている。

「名前は？」

「字はわかんないけど『すばる』って呼ばれてる。苗字《みようじ》は御木本《みきもと》よ。この子の親父《おやじ》も、飲み屋街の常連。ああ、そういやこの子、公民館が燃えた夜もキャバ嬢とうまくいかなかったみたい。表の看板灯籠《とうろう》を蹴《け》りまくってたもん」

——そいつはいい情報だ。

鳥越は内心でうなずいた。

「御木本すばるね。ツラに似合わん名だ。ところで消防団はIR誘致の賛成派か、それとも反対派か、どっちだ？」

「反対派が多いんじゃない？　あ、でも御木本父子《おやこ》は賛成派だわね。親父が区長と仲いいもん。ちなみにあたしは反対派」

ママは肩をすくめた。

「『IRができたら飲み屋街も潤う』ってみんな言うけどさ。嘘よ。大嘘。誘致派はこの薄汚い飲み屋街をぜーんぶ潰《つぶ》して、観光客用に一新する気なんだから」

「確かか」

「やんなるくらい確かよ。あたしらをそのままにしといてもお偉いさんに旨味《うまみ》ないけど、なんちゃら改革だの、うんちゃら刷新だのを計画すれば中抜きし放題じゃない。ま、それはさておいても、あたしギャンブルって好きじゃないのよ。実の父親が、競輪と競艇で借金残して逃げたから」

そのとき、扉が勢いよくひらいた。

表の冷気とともに、どやどやと入ってきたのは女性の団体客であった。みな六十代後半から七十代に見える。観劇かなにかの帰りらしく、一様に着飾っていた。

「あらぁマダムたち、いらっしゃぁい」

ママがかん高い声を張りあげる。

「おコート、どうぞ脱いで脱いで。そっちのハンガーね。いつもセルフでごめんなさい。お高いバージンウールが、皺《しわ》にならないようにねえ」

マダムたちが順にボックス席に着くのを横目に、

「時間を取らせてすまなかった」

鳥越はささやいた。

「ところでいま来た団体客、お得意さんだろう？　礼と詫《わ》びがてら、ただでホストをやってやろうか」

ママの目が光った。「マジで？」

「マジで」

「ガチでただで？」

「ガチでただで」

「失礼な真似《まね》、しないでよ」

「しないしない」

言いながら鳥越はネクタイをほどき、シャツのボタンをはずして胸もとをくつろげた。前髪をすこし乱して下ろしてから、立ちあがる。

「——お嬢さまたち、お帰りなさいませ」

ホストのように、大げさに床へひざまずいた。

「おそばに失礼してよろしいですか？　ああいえ、ぼくは今夜だけのスタンドインでして。え、名前？　駄目ですよ。いま名のっても、どうせ源氏名ですから嘘になる。もっとお互いをわかりあってから、はじめて名前を知るのがロマンティックじゃないですか。ぼく、あなたたちのような素敵な女性に嘘はつけない……」

女性の団体客が帰ってすぐ、鳥越も『バー・ジャルダン』を出た。腕時計を見る。時刻は午前一時をまわったばかりだ。

小路を出ると、例のボス鴉が視線誘導標にとまっていた。反射板が街灯のあかりを弾《はじ》いて、冬の夜気にあざやかだ。

「なんだ、今夜のツアーはまだつづきがあるのか？」

笑って、鳥越は鴉についていった。

鴉は数メートル飛んでは屋根や塀にとまり、鳥越が追いつくまでその場でじっと待っていた。ボスだけあって、かなり利巧だ。

ツアーの終点は、二十分近く歩いた先だった。

だだっ広い土地に、台形の石垣が鳥越の胸の高さまで組まれている。野面《のづら》積みではなく、きれいに整った切込み接《は》ぎである。

廃城の土台だろうか？　と鳥越は首をかしげた。しかし旧比多門町は、城下町ではなかったはずだ。

無言で石垣を見つめる鳥越のそばに、鴉が降り立った。

昨夜降った雪は、日中の陽射《ひざ》しでとうに融け消えた。鴉が身を傾け、湿った土に羽を擦《こす》りつける。かと思えば、すぐに体を振って土を払いとばす。

「土か」

鳥越はつぶやき、ポケットから手袋とフリーザーバッグを取りだした。石垣まわりの土をかき集め、フリーザーバッグにおさめて口を閉じる。

一連の作業を見届けると、ボス鴉は満足げに飛び去った。

4

翌日は快晴だが、風が強かった。一歩進むたび、冷えて乾いた空気がしたたかに頰を張った。

「四《よ》っちゃん、これあげる」

鳥越は四谷にフリーザーバッグを渡した。

「なんです？」

「さあな。科捜研に渡しとけ。なんでもなかったらとぼけりゃいいし、もし当たりだったらおまえの手柄にすりゃあいい」

本心だった。情報なら「情報屋から得た」でごまかせる。しかし物証は出どころを根掘り葉掘り訊かれると面倒くさい。

押しつけられた四谷は「はあ」と怪訝《けげん》そうながら、素直にフリーザーバッグを受けとった。

「今日の聞き込みはキャバクラ『オパール』からでしたっけ？」

「嬉《うれ》しそうだな。おまえ、キャバクラ好きか？」

「好きか嫌いかと訊かれれば、大好きですね」

「じゃ『オパール』ではおまえがメインで質問しろ。おれは初恋もまだなウブだからな。アダルトな話題は付いていけん」

「そんなこと言って、手抜きしたいだけですよね？　目がしょぼしょぼしてますよ」

「育ちざかりは眠いもんだ」

軽口を応酬しながら、二人は朝の白茶けた歓楽街に着いた。

鴉の巣に石を投げた男こと、御木本が通う『オパール』は、地下にある店だった。焼き鳥屋とカラオケスナックの間にある階段をおりていくと、ワイン蔵のような木製の扉に行きあたる。

「御木本さんね。うん、いつも指名してくれますよ」

そう答えたのは、御木本ごひいきのキャバ嬢だった。

彼女と連絡が付いたのは今朝だが、「家に来られるのは困る。店で会う」と頑強に言い張られた。とはいえ店が開く時間帯ではないので、扉を背にしての立ち話である。

壁に貼られた写真の彼女はロリータ系ミニドレスに身を包み、髪をお姫さまのように巻いていた。しかしいまはすっぴんで眉毛もなく、上下グレイのスウェット姿だ。

「公民館と映画館の火災、ご存じですよね？」

「もちろん」

「このあたりでも二、三回出火しているそうですが」

「出火っていうか、つけ火でしょ？　燃えはしなかったみたいだけど。でもこんなごみごみしたとこで火事が出たら一発アウトよね。とくにうちなんか地下だから、逃げ遅れて、二、三人死んじゃいそう」

あはは、と乾いた声で笑う。どうやら中身はロリータにほど遠いらしい。

四谷はスマートフォンのメモ帳アプリを見つつ、三、四回目の放火の夜と、公民館火災の夜に御木本は来ていたかと尋ねた。

「えーと、ちょっと待ってね」

キャバ嬢もスマートフォンを取りだした。ＬＩＮＥアプリをひらく。

「ああ、来てたみたい。どの日にも『今夜はありがとう』のメッセージが届いてる。御木本さん、いっつも同じようなことしか送ってこないんだよね。まだ若いのに、がっつりおじさん構文だしさあ」

とスマートフォンの液晶を見せてくる。

鳥越はかがみこんでそれを読んだ。なるほど、絵文字がやたらと多用されている。だらだらと自分語りや説教を繰りかえしながら、

『駅裏に新しくできたビストロ、いい感じだね？』

『作業着のおれ、見せたことあるっけ？』

『店で会うだけじゃ他人行儀だよね』

等々、なんとか店外で会おうと必死である。ＬＩＮＥの登録名は『昴《すばる》』。フルネームは御木本昴で間違いないらしい。

「同伴でもないのに外で会うメリット、こっちにある？　って話よ。会いたきゃ財布に万札詰めて、店に通えっての。まあこういう客は御木本さんだけじゃないけどさ、ヤリ目《もく》が見え見えすぎて、萎《な》えんだよね」

鳥越は横目でちらりと四谷をうかがった。キャバ嬢のあけすけな言葉に鼻白んだか、新人丸出しの棒立ちだ。

しかたなく鳥越は質問役を替わった。

「彼は『オパール』を出たあと、荒れていたと聞きました。なにか心当たりはありますか？」

「あるっちゃあるけど」

彼女は肩をすくめた。

「けどさあ、こっちの身にもなってほしいわ。あたしのことが好きだからプラベで会いた

い、ってんならまだわかるよ？　でも『店で金遣いたくない、でもヤりたい』があんまりにも透けて見えんだもん。それに御木本さん、基本コミュ障だし、全体的にウエメセでむかつくの。あれじゃー彼女できないわ」

「で、あなたにぞんざいにされたあと、彼は決まって店外で荒れる？」

「迷惑だよねえ。でもまだ出禁にするほどじゃないんだ。あ、でもそこ決めんのはあたしじゃないよ？　ジャッジは店長だから」

「参考までに、なにをどうしたら出禁になるんです？」

「警察沙汰を二回起こしたら。スリーじゃなくツーアウトで退場」

「なるほど」

　鳥越は手帳を閉じた。

「話は変わりますが、ＩＲ誘致についてどう思います？」

「ＩＲ？　ってなんだっけ」

「あれですよ。カジノ中心のリゾート計画」

「ああ、あれね」

　キャバ嬢はうなずいて、

「店長は賛成だけど、あたしは反対。あたし、比多門の生まれなんだけどさ、カジノがどうこう言いはじめてから、みんな怖いよ。地元民が賛成派と反対派に割れちゃって、ヤバヤバのヤバ。この火事だって、絶対そのせいでしょ」

「そのせい、とは？」

「だからぁ、ほら、人が二つに割れると喧嘩になるじゃん？　説明下手でゴメンだけど、火つけも人殺しも喧嘩の延長みたいなもんでしょ。うちの仲間にも、親とか会社がカジノのどっち派かで影響受けて、ビミョーに仲悪くなっちゃった子いるもん。ああいうの、ほんとヤだ。それにあたし、昔っから火事が怖いんだよね」

「それは、みんな怖いでしょう」

「そうじゃなくってぇ」

彼女は下唇を突きだした。

「うちの親、悪趣味でさ。子どもの頃にさんざん脅されたの。『いい子にしてないと、シナイがお部屋を燃やしに来るよぉー』なんて」

「シナイ？」

「シナイだかシネイだか忘れたけどさ、そういう妖怪《ようかい》が来るんだって。うちの親って脅すタイプの親だったのよ。『勉強しないとシナイが来るよ』『歓楽街には子どものおばけがいるから、近づいちゃ駄目だよお』なんてさ」

「妖怪に、おばけね」

「あ、刑事さん、いまあたしのことガキだと思ったっしょ？　でも火事で死んだセイさんだって、『つづく火は怖い。お祓《はら》いするのがいい』って言ってたもんね」

「死んだセイさん……。映写技師の、斎藤清次郎さんのことですか？」

「うん、そう。セイさんもうちの常連だったから」

斎藤清次郎は、確か七十歳近かったはずだ。写真の枯れた風貌《ふうぼう》に似合わず、意外におさかんだったらしい。

「そういえば斎藤さんは、IR反対派だったようですね」

「みたいね。『カジノなんてろくなもんじゃない』っていつも言ってた」

キャバ嬢は爪《つめ》を気にしながら、

「セイさん、酔うと声でかいからさ、なだめんの大変だったよ。ああそうだ。そんで御木本さんと喧嘩になったんだぁ！」

急に語尾を高くした。

「二人は喧嘩をしたんですか」

「あのね、いつだったかな……。ああそうだ、この日」

ふたたびスマートフォンをいじり、液晶を見せてくる。日付を確認すると、三度目の放火があった夜であった。

「セイさんは反対派で、御木本さんは賛成派だからね。ぎゃんぎゃん怒鳴りあってたよ。しょうがないから店長が割って入って、御木本さんのほうを追いだしたの」

礼を告げての去り際、キャバ嬢は四谷に名刺を渡した。

「今度来てよ。初回限定で二十パーオフにしたげる」

「おれにはくれないんですか？」

鳥越が言うと、キャバ嬢は激しく首を振った。

「あたし、イケメンはこりごり！　さすがに学習したもんね。顔のいい男は、バカかクズかカスしかいない。あー駄目だめ、その目でこっち見ないで。石にされそう」


つぎに鳥越たちが訪ねたのは、比多門消防団長の自宅であった。

むろん私設消防団であり、有志の住民の寄せ集めである。団長と聞けばいかつい壮年を連想するが、実物は七十代の小柄な老人だった。

「放火犯の心当たり？　ないよ。ないから困ってるんじゃねえか」

そう言って、禿《は》げあがった額をつるりと撫《な》でる。

居間の壁には、消防団の写真がところ狭しと飾ってあった。日焼けして色落ちした写真から、スマートフォン撮影のプリントアウトまでさまざまだ。その中には『バー・ジャルダン』で見た写真も混ざっていた。

「おいくつから、消防団員をやっておいでで？」

「十七んなったときからだ。だから、あーっと、もう六十年近くやってることになるか。と言っても近くにいい消防署ができてからは、ほとんど出番はねえけどな」

静かに障子戸が開く。

入ってきたのは、朱塗りの茶盆を捧げ持った細君であった。

「奥さん、おかまいなく。――では近ごろは、このあたりで火事が起きてもあまり出動しないんですか？」

「ないない。いまは焚火《たきび》の監視、小火の後始末の指導、あとは『火の用心！』と言いながら見まわりする程度さ。いや、あんたらは笑うだろうけど、その程度でも効果はあるんだぞ？『火の用心！』と声かけするとしないとじゃ、ガスコンロの消し忘れ率が違うんだ」

「笑ったりしませんよ」

四谷が真顔で反駁《はんばく》した。

「地道な予防が大事なのは、警察だって同じです。ところでここに写ってる子、もしかして消防士の佐々野さんじゃないですか？」

壁の写真のうち、一枚を指して問う。団長が首肯した。

「ああそうだよ、充だ。あいつはガキの頃から、消防士に憧《あこが》れとったから」

「そうとう若い……というか、幼いですね。高校生くらいでは？」

「十五になってすぐ、入団したんですよ」

細君が横から言った。目顔で諌める団長にかまわず、「中学三年生の夏から、一年半ほど団にいました」とつづける。

「中学生からですか。そいつは感心ですね」

鳥越が言うと、細君は頬をほころばせた。

「充ちゃんはヒーローものが好きな、目立ちたがり屋さんでしたから。うちの人がさっき言ったとおり、消防団の活動は地味だから、飽き足りなかったみたい。いまなんて『一番目立つポジションにいるんだ。特消隊っていうんだ』なんて、みんなに自慢しちゃってねえ」

「おい。おしゃべりはよせ」

団長が叱《しか》りつけた。

「誰もおまえに訊いちゃいねえ。向こうに行ってろ」

細君はむっとした顔で反駁しかけた。しかし客の前だと気づいたからか、言葉を呑《の》んで出ていった。障子戸がぴしゃりと閉まる。

「どうも、女房がすまんな」

「いえ、そんな。ところで、こちらが最新の団体写真でしょうか？」

鳥越は『バー・ジャルダン』のママに見せられた、額入りの写真を指した。

「団長のお隣の方が副団長ですか。ああそうですか。ではこちらは……」

一人一人訊いていく。

あと二人という段になって、「こちらは？」と鳥越は御木本昴を指さした。

「ああ……。うーん、昴はなあ」

訊かれるたび団員を自慢げに語っていた団長の舌が、てきめんに鈍る。

「まあ親父の代からの団員だしな。そら、うちにいたほうがいいさ。若いもんがぶらぶらしてるよりは、やることがあったほうがいい」

「ぶらぶら……。ということは、彼は無職なんですか」

「え？　あ、いや」団長は慌てて首を振った。

「そんなんじゃない。いまのは口がすべっただけだ。無職なんかじゃない。昴のやつぁ、ちゃーんと親父の作業場を手伝ってんだから」

早口で団長が抗弁したところによれば、御木本家は祖父の代から地元で製材所を営んでいるという。

「昴もな、悪い子じゃあねえんだ。ああいう子は親父みたいに、さっさと見合い結婚させりゃいいんだよ。昔ならいざ知らず、いま『比多門消防団だ』なんて威張ったって、女は口説けやしねえんだから……」

茶を啜りながらぶつぶつ言う団長に、鳥越は「そりゃあすごい」と水を向けた。

「昔は〝女が口説ける〟ほど隆盛でいらしたんですね」

「ああ、そりゃまあ、ね」

残念ながら団長はのってこなかった。ちらりと壁の写真を見上げる。

視線の先を、鳥越は目ざとく追ってとらえた。上段、左から三番目の団体写真だ。鳥越は凝視し、精いっぱい網膜に焼きつけた。

「……昔の自慢なんか、いまさらしょうがねえ。過ぎた話さ」

団長はかぶりを振った。

「充のやつだって、団の最盛期に生まれてりゃ、もっとあいつ好みの活躍ができたかもしれねえ。だが生まれてくるのが遅すぎた。——なんもかんも、過ぎた話さ」

　消防団長の家を出て、鳥越は四谷に声をかけた。

「おい、デジタルネイティブくん。『ピンク・パンサー3』ってのが、いつ公開の映画か検索してくれるか」

「え、はい？　なんです？」

「〝隆盛〟と言われて団長が目を向けた写真に、その看板が写りこんでいた。銀映座の宣伝看板だろう。リバイバル上映には見えなかった。調べてくれ」

「少々お待ちください」

　四谷がスマートフォンを取りだした。一分と経《た》たぬうち顔を上げる。

「鳥越さん、いまから四十五年前の映画でした」

「よし。では次に、比多門消防署ができたのはいつか調べろ。分署じゃないぞ。その前のやつだ」

　結果、比多門消防署の設立は四十二年前であるとわかった。つまり三年のタイムラグがあるらしい。

　最盛期が設立の前年ならば納得がいく。だが三年はいささか長い。

　――その三年に、なにか意味があるのか？

　ひとりごちてから、鳥越は四谷を振りかえった。

「いったん帰署するぞ。その前に昼飯を食っていこう。地元民として、どこかおすすめの店はあるか？」

5

四谷おすすめのラーメン屋は、なかなか美味かった。

一番の売りは『搾菜《ザーサイ》ラーメン』である。色の薄い澄んだスープに、ちぢれ麵《めん》。具はしゃきしゃきと歯ざわりのいい搾菜と白菜に、細切りの豚肉。鶏《とり》の出汁《だし》が効いたスープに、搾菜と豚肉の旨味が溶けだしていた。

「飲みの締めにも食いたいのに、夜中はやってないんですよねえ」

そうこぼす四谷は旧比多門町ではなく、旧八賀市側の生まれ育ちだという。

「比多門は、なんとなく閉鎖的な感じでしてね。昔からあんまり来たことなかったですね。飲食店も飲み屋も、穴場の名店が多いようですが」

「そんな雰囲気だな」

うなずいて、鳥越は頭上を見た。

冬の陰鬱《いんうつ》な曇り空が広がっている。電線のまわりに、今日は鴉の姿は見えなかった。

帰署して、さっそく係長に報告を済ませた。

「ご苦労。ところで映画館で死んだ元校長先生を覚えているな？」

「ええ、七十代の女性でしたよね」

「その辰見敏江は、想像以上に〝誘致賛成派〟と揉《も》めていたらしい」

鍋島係長がにやりとして言う。

「最近は、いわゆるご近所トラブルにまで発展していたようだ。ひとつ気に入らなくなると、なんでも癪《しゃく》に障ってくるんだろう。夫婦でも家族でも、近くにいすぎるとそうなる。古い町ほどご近所トラブルは多いもんだ」

「どんなトラブルだったんです？」

鳥越は訊いた。

「いたって古典的だ。ゴミの出し方がどうのこうの、騒音がどうのこうのので、役所にクレームを入れ合うアレだな。もっとも、どのケースも理は元校長先生のほうにあった。正義感の強い人だったようだな」

「揉めていた相手は？」

「それが面倒なことに、南区長がらみなんだ」

鍋島係長は額を搔《か》いた。

「ま、いまは南区長の後援会長を含む一派、とだけ言っておこう。南区長は前八賀市長を選挙で破った〝おらが町の英雄〟だからな。過激なシンパがいるわけさ」

「でも誘致反対派として当選しておきながら、ころっと賛成派に寝がえったんでしょう？　それでも英雄扱いなんですか」

「そこはそれ、政策より人に付いていくってタイプは多いからな」

係長が歯切れ悪く言う。

鳥越は片眉を上げた。

「では映画館の火災は、辰見敏江を狙っての放火、という線もありですか。となると公民館で狙われたのは、三人の若手市議たち？　全員がＩＲ誘致の反対派ですね」

「しかし、公民館にいた市議のうち一人は、南区長の長男だ」

係長がさえぎる。

「いくら過激派がヒートアップしたとしても、まさか彼を狙ったりはせんだろう」

「ですが式典の準備要員として、そもそも誘われたのは議員Ａ――じゃない、べつの市議でした」

議員Ａの名を思いだせず、鳥越は適当に濁した。

「放火犯は、あの場に区長の長男が来ると知らなかった可能性もあります。同じ若手議員に声をかけられ、彼は急遽《きゅうきょ》来たようでしたから」

「もし息子が死んでいれば、区長は半狂乱だったろうな」

鍋島係長が嘆息した。

「いまでさえ、捜本や署長に一日何本も電話して大騒ぎだ。『映画館のオーナーは誘致賛成派だぞ。反対派の放火に決まっている』『反対派も被害に遭《あ》っただと？　知るか。自作自演だろう』だとさ。宍戸さんによれば、正護北の署長は温厚だけが取り得だそうだ。これ以上圧力をかけられたら、胃炎で倒れるかもしれん」

「自作自演と言うなら、反対派が仕掛けた茶番という線もあり得ますね」

　鳥越は言った。

「例の南京錠の一件がありますから。あれは施錠しそこねたのではなく、わざとだったかもしれない。つまり自作自演です。反対派の若手市議を狙った犯行、と思わせたいがための小芝居では？」

「死者が出たのは計算外ってわけか。となると、こうも考えられるぞ。放火犯は中に区長の息子がいると知った上で放火し、わざと南京錠をかけずに逃走。つまりただの脅しのつもりだった」

「どちらにしろ、死んだ臨時職員の女性はとばっちりですね」

「彼女は越して来たばかりで、殺意を抱かれるほどの地縁も知人もなかったからな。ＩＲ誘致とも、まるっきり無関係だ」

「そういえば、脅迫状はどうなりました？」

「現物を入手できた。科捜研にまわしたよ。指紋や微物採取はこれからだろう」

「どんな文面でしたか」

「どれも便箋に、『燃やすぞ』『焼けだされたいか』『焼き殺すぞ』等、明朝体フォントで一行だけ打ってあった。ＩＲについては、いっさい触れられていない。『殺すぞ』ではなく、必ず〝燃やす〟〝焼く〟のワードを使うのが特徴だな」

「そこだけ見れば、ピロマニアっぽいですね」

鳥越は考えこんだ。

とはいえ、捜査はまだとば口だ。まだなんとも断定できない。

鍋島係長から離れ、廊下に出ると、四谷が走ってくるところだった。

「自販機でコーヒーを買ってきます」と言って一階におりたはずが、手ぶらである。

「鳥越さん、いいネタ仕入れましたよ」

得意げに小鼻をふくらませる。

「こう見えておれだって、子飼いの情報屋くらいいるんですからね」

どうせ元同級生あたりだろう、と思ったが鳥越は言わずにおいた。四谷のようなやつは、いい気分にさせておいたほうがよく働く。

「そりゃあお手柄だな。で、いいネタってのはなんだ」

「鳥越さんがお嫌いな佐々野消防士――いいえ、マル佐です」

四谷が声のトーンを落とした。

「あんなさわやかそうな顔して、じつはギャンブル依存症だったそうですよ」

「ほう」

鳥越は身をのりだした。

「そいつは面白い。なんのギャンブルだ?」

「スロットだそうです。マル佐はバツイチでね、離婚の原因もギャンブルです。元奥さんの妊娠中に、百万近い借金をこさえたんですよ。　督促状が届いたことでバレて、大騒ぎになったそうです」

「それで離婚か」

「いえ、お腹《なか》の子のことを考慮し、一度目は許されました。借金はマル佐の実親が融通したそうです。じつはおれの友達が、元奥さんの親戚《しんせき》と同じ町内に住んでましてね。その親戚が元奥さんに同情するあまり、あっちこっちで愚痴ったようです」

　早くもネタ元を割ったことに気づかず、四谷はつづけた。

「離婚はまぬがれたものの、以後マル佐はカードを取りあげられ、小遣いも制限されました。それでおさまりゃよかったんですが、一年もしないうち、悪い虫が疼《うず》きはじめたようです。ただし今度はスロットじゃなく、ソシャゲへの課金でした。あれはカードがなくても、スマホ決済で払えますからね」

「スマホ決済の危険性はわかる」

　鳥越はうなずいて、

「だがおれはゲームに無知でな。ソシャゲ程度で、でかい借金なぞできるものか？」

と訊いた。

「できますよお。とくにガチャにハマったら悲惨ですね。月何十万と溶かすやつが、ざらにいますもん」

「マル佐もそうなったのか」

「らしいですね。で、今度こそ離婚です。ただし子どもの親権争いは、まだつづいているようでして」

「よくある展開だな。だが離婚はすでに成立してるんだろう？　離婚後の親権移動は、裁判所の許可が要《い》るはずだが」

「マル佐は、裁判も辞さない覚悟だと主張しています。離婚当時は自分がギャンブル依存症から立ちなおっておらず、心神耗弱《しんしんこうじゃく》状態だったから無効だ、と」

「ふん」

鳥越は失笑した。

「噴飯ものだ。しかしマル佐本人は大真面目なんだろう。ハードな仕事。離婚。親権争い。ギャンブルができなくなった憤懣《ふんまん》。どれもこれも自業自得だが、やつにとっちゃ理不尽なストレスなんだ。ストレスは、放火への引き金になり得る」

「マル佐はＩＲ誘致反対派と聞いてましたが、ギャンブル依存症と知ればあやしいもんですね。本気でやめたいと思っていれば、反対派でも不思議はない。でもまだ、悪い虫を飼っているとなると……」

「腹の中はわからんわな。よし、偉いぞ四谷」

鳥越は彼の肩を叩いた。

「ご褒美に今度、科捜研の女性研究員たちとの合コンをセッティングしてやろう」

「え、それマジすか？」

「マジだ。事件が解決したらな」

やったあ、と四谷が拳を握る。

鳥越は窓の外にふと目をやった。

重い灰白色の雲から、またも雪がちらつきはじめている。羽のようにかるく、風に舞いながら降る雪であった。

＊　＊

み🔑　@Mii_mi6666　11月8日
暇さえあれば、ネットで「鬱《うつ》のチェックリスト」にアクセスし、何度もやってしまう。結果なんか変わりゃしないのに。
でもどうにもできない。病院に行く勇気などないし、そんな暇もない。病院は平日しかやっていない。休みなんか取れるわけない。

み🔑　@Mii_mi6666　11月13日
「ブラック企業のチェックリスト」も、何度もやってしまう。

ブラック企業？　搾取構造？　社会の闇《やみ》？　そんなの、言われなくたってわかっている。理屈でわかっているからって、辞められるわけじゃない。

ここを辞めたら、もうあとがない。収入を絶たれるのは何より恐ろしい。


み🔑　@Mii_mi666　11月22日
毎晩布団の中で、係長を殺すことばかり考える。

あいつのあとを尾行して、自宅を突きとめる。チャイムを鳴らす。

戸口に出てきたやつを、誰だろうと刺す。係長本人だろうが、その妻だろうが、子どもだろうが刺す。そして中に上がりこみ、皆殺しにして火をはなつ。

考えるのをやめられない。苦しい。

み🔑　@Mii_mi666　11月29日
なぜこの世に生まれてきたんだろうと思う。

み🔑　@Mii_mi666　12月2日
朝四時に目が覚めた。また届いていた。
消印がないから、誰かが直接ポストに入れていくらしい。怖い。これが届くことも、これに逆らえない自分も怖い。

（添付画像：〝燃やしてみろ。比多門公民館〟と書かれた便箋）

み🔑 @Mii_mi6666　12月4日
また届いた
いっそ「会社を燃やせ」と書いてあればいいのに
（添付画像：〝燃やしてみろ。比多門公民館。誰も逃がすな〟と書かれた便箋）

み🔑 @Mii_mi6666　12月6日
逆らえないのはわかっていた。
こうなる運命だった。でも、怖かった。
扉に鎖を巻いて、鍵を下げるところまでは、やった。怖くてそこで逃げた。
つくづく、なにもやりとげられない半端者だ。いやになる。
こんなことをするために生まれてきたんだろうか。

第三章

1

【四十五年前】


コンロにやかんをのせ、スイッチを入れた。

五徳のかたちに円を描いて、ぼうと炎が立ちのぼる。青とオレンジが、絶妙に混ざりあった火だ。うっとりするほど美しい。

だが辰見敏江にとって火は、いつも美しさより怖さのほうがまさった。

——いまだに、仏壇の前でマッチを擦ることすら怖い。

この恐怖は一生克服できないだろう。こうしてガスコンロのつまみを捻《ひね》るのが、敏江にとっては精いっぱいの〝火との触れあい〟であった。

——ほんとうは、教師になるべきじゃなかったんだろう。

そう、うっそりと自嘲《じちょう》する。

その証拠に、敏江の理科の授業にはアルコールランプやガスバーナーの出番はない。実験はするが、使うのはせいぜいで試験管、ビーカー、豆電球と電池、顕微鏡くらいのものだった。

――火は怖い。

怖いからこそ、自分だけでなく、生徒たちも近づけたくない。

熱されていくやかんを、敏江はじっと見守った。風もないのに炎が揺れる。やかんの底を、ちりちりと炙《あぶ》る。火。炎。

――燃える裾《すそ》。燃えあがる浴衣《ゆかた》。

かぶりを振って、敏江はコンロのつまみを〝弱〟に絞った。


比多門商店街は、駅を出てすぐの太い一本道である。

駅前にはラーメン屋や寿司屋《すしや》といった飲食店が建ち並び、すこし下ると銀行や信用金庫が固まって建っている。

さらに下ると町役場があり、その手前で曲がると飲み屋街へ、まっすぐ行けば文具屋や本屋の並びにぶつかる。俗称『文化通《ぶんか》り』を過ぎれば、ようやく八百屋《やおや》、魚屋、金物屋、菓子店が軒を連ねる。

敏江は精肉店で揚げたてのコロッケ三つと、豚コマ二百グラムを買った。さて次は八百屋で玉葱《たまねぎ》を――と首をめぐらせたとき。

「よう、辰見先生」

背後から声がかかった。反射的に振りかえる。

自転車にまたがった一平《いっぺい》が、こちらを見ていた。自慢の長い脚を縁石にかけ、どうやら信号待ちの最中らしい。

「こんばんは、一平さん」

敏江は会釈した。

今年で敏江は二十六歳。かたや一平は四歳も下の二十二歳だ。なのについ、さん付けで呼んでしまう。

――でも当然だ。なぜって。

なぜって一平は、この町の〝英雄〟なのだから。

「ちょうどよかった。先生も持ってってよ、うちで刷ったんさ」

一平は自転車の前かごから、うちわを一本抜いて敏江に渡した。波模様をバックに、赤字で〝祭〟と刷られたうちわである。裏面には、比多門夏祭りの協賛企業名がずらりと並んでいた。

「明日のお祭り、先生も来るよな？」

「あー、どうしようかな」

「来なよ。辰見先生の浴衣姿、見たいもん」

一平がにっと微笑《ほほえ》む。幼さの残る笑顔だ。

しかし敏江の心臓はどきりと跳ねた。自分でも馬鹿みたいだと思う。しかし、止められない。

——一平さんには、ちゃんとほかに好きな子がいるというのに。

敏江はできるだけ、なんでもないふうを装って言いかえす。

「無理無理。わたし、浴衣なんか持ってない」

「借りればいいじゃん。大通りの『ゐと杉《すぎ》』、夏祭り前限定で浴衣を貸しだしてるよ。夕方のうちに行かねえと、いい柄なくなっちゃうぜ」

「でも」

でもわたし——つづけようとしたとき、信号が青に変わった。

「じゃあまた、先生」

かるく手を振り、一平が自転車のペダルを踏みこむ。若わかしく筋肉の張った背中が、みるみる遠ざかる。

コロッケの包みを手に、敏江はその背を棒立ちで見送った。

やがて、ふっと息を吐《つ》く。

——これはべつに、恋じゃない。

己に言い聞かせた。

そう、アイドルに熱を上げるようなものだ。べつだん一平と交際したいとか、結婚したいと願っているわけじゃない。生徒たちがピンクレディーや郷《ごう》ひろみに、きゃあきゃあ騒ぐのと変わりはない。

二十六にもなって幼稚な、と言われればぐうの音も出ない。しかし内心で憧《あこが》れるだけならいいではないか。

——素敵なものを、素敵と思うくらいは許してほしい。

敏江が比多門町に引っ越してきたのは、四年前のことだ。いや、正確には戻ってきた、というべきか。

両親は、敏江が六歳のとき離婚した。長男の兄は比多門町に残り、敏江は母に連れられて町を出た。

しかしその母は八年前に、母方祖父母は六年前に死んだ。

教員試験の合格を機に、駄目もとで兄に連絡を取ると「いつでも戻ってこい」とあたたかい言葉をもらえた。父もすでに亡いが、さいわい兄とは良好な関係だ。とくに頼る予定はなくとも、肉親が近くにいるだけで安心できた。

「浴衣、かあ……」

歩きだしながら、低くつぶやく。

「そうね。そろそろ着れるかもしれないな……」

一平がそう言うなら。敏江のヒーローが、お世辞でも「見たい」と言ってくれるのならば。

——貸衣装を試しに見に行くくらい、ありかもしれない。

口の端で笑み、敏江は八百屋に向かって歩きだした。

2

敏江が一平をはじめて見たのは、越してきて三月《みつき》経《た》ったある夜だ。

寝静まっていたところを、消防車のサイレンで叩《たた》き起こされたのである。

火元は、敏江のアパートからさほど遠くなかった。夜空を赤く染める炎に、彼女は震えあがった。延焼が怖かったのではない。火と炎そのものが怖かった。

比多門消防団の動きは、迅速だった。

地鳴りのようなサイレンを鳴らして駆けつけた消防車は、敏江の記憶では三台いた。中から、消防士の制服を着けた男たちが降りてくる。銀の防火服と、防火靴。

有志の町民のみの消防団と知ってはいたが、敏江の目には正規の消防士となんら変わりなく映った。むしろ、はるかに頼もしかった。「型落ちも型落ち」だと団員たちが卑下するポンプ車さえ、輝いて見えた。

「筒先こっちこっち！」

「可搬《かはん》繋《つな》げぇ！」

「中に人は？　全員逃げだせたんか？　確認せえ！」

団員たちの声が夜気にこだまする。

中でももっとも目立っていたのが、一平だった。

彼はつねに先頭にいた。火に一番近い場所にいた。彼の消火服がじりじり焦げる音が、こちらまで聞こえてきそうだった。

野次馬に交じって彼を見ている間、敏江はずっと胸の前で手を握りあわせていた。秋のしんと冷えた夜の中、うなじにも背中にも汗をかき、高鳴る己の鼓動を聞いていた。

「家族全員いた。確認できたぞ！」

「よし、放水はじめぇ！」

たたまれてぺしゃんこだったホースが、見る間に膨らむ。ホースの筒先から、凄《すさ》まじい勢いで水が噴射される。

三十分ほど眺めていただろうか、それとも一時間か。

黒煙がおさまり、白くなっていくのを、敏江はなかば呆然《ぼうぜん》と見守った。

集まった野次馬の間から「よかったぁ」「おさまったねえ」とほっとした声が上がる。

野次馬が一人減り、二人減り、やがて最後の数人になっても、敏江はその場から動けなかった。

――火に、人が勝った。

敏江はぐっと拳《こぶし》を握った。

人は火に勝てるのだ。勝てると、たったいまこの目で確認した。いや確認させてもらった。公務員ですらない、町の有志たちによってだ。

――とくにあの人、すごかった。

敏江は陶然と、仲間を笑顔でねぎらう若者を見つめた。

彼の名前が〝一平〟だと知るのは、もうすこし先のことだ。そのときは名すら知らず、ただただ彼の勇猛ぶりに感嘆するばかりだった。

鎮火報を鳴らしながら消防車が去っていくその瞬間も、敏江は己の鼓動を、頬《ほお》を熱くして聞いていた。

3

商店街の有線放送から、イーグルスの『ホテル・カリフォルニア』が流れている。

「せめて昨日《きのう》来てくだされればよかったのに」

呉服屋『ゐと杉』の女主人が、顔をしかめて嘆く。

人気の朝顔や紫陽花《あじさい》、麻の葉模様などは、昨日までにすべて貸し出されてしまったそうだ。敏江は笑って、

「この流水柄で充分ですよ。夏らしくて涼しげだし」と言った。

「もちろんそうですけどね、これはこれで粋ですけど。でもやっぱり花のほうが、ぱっと人目を惹《ひ》くじゃありませんか」

「人目なんていいんですよ。わたしみたいな年増《としま》は」

「あら、先生がそんなこと言っちゃいけません。辰見先生は充分お若いです。それに先生

みたいな方にこそ、ウーマン・リブを体現してもらわなきゃ」

伝統を重んじる呉服屋にしては、先進的な女性らしい。彼女は敏江の肩に当てた浴衣をためつすがめつして、

「髪はあまりきっちり結わないほうがいいですよ。こう、ふわっとね。うなじのおくれ毛が色っぽくなるように……」

と鏡越しにアドバイスしてくる。

「おいおい、先生に『色っぽくなるように』なんてすすめちゃ駄目だろう」

奥で浴衣をみつくろっていた男が、濁声をあげた。

敏江はそちらを見ないようつとめた。

しかし女主人が、いち早く眉《まゆ》を吊《つ》りあげて反駁《はんばく》する。

「なにがいけないんです？　昼間は先生でも、夜は一人の女性ですもの。夏祭りの夜くらい、色気を出さなくっちゃね」

「まーたそうやって、すぐ客をそそのかす。もし辰見先生が悪い道へ落っこちたら、責任取れるんかい？」

しつこくからかうのは、一平と同じ比多門消防団の南信吉である。

敏江は正直言って、信吉が苦手だった。年下のくせに偉そうなところも、舐《な》めまわすように体を見てくることも、妙に馴《な》れ馴《な》れしいことも気に障る。

敏江は知っていた。こういう態度の男は、女を馬鹿にしているというより、甘えている

のだ。小学校の先生というだけで、勝手に「やさしそう」「面倒みがよさそう」と思いこまれ、親しくもない男にしばしば甘えられてきた。うんざりだった。

「信吉、いいから行くぞ」

背後からのっそりと出てきた男が、信吉の肩を叩く。

斎藤清次郎だ。彼もまた、消防団の一員である。一平や信吉の先輩にあたる男だが、見てくれといい立ち居ふるまいといい、鈍重でいまひとつ冴《さ》えない。

「おまえはとっくに決めただろうよ。さっさと出ろ」

「ちぇっ、なんだよ。セイさんを待っててやったんじゃねえか。まあいいや、辰見先生、あとで会おうな」

気味の悪いウインクを送り、信吉は清次郎と店を出ていった。

女主人が鏡に向きなおる。

「やあねえ、もう。すみません先生。ほんに消防団の男衆ときたら、レディに対する礼儀をわきまえなくて」

「いえいえ」

敏江は鏡越しに苦笑を返した。

「消防団さまさま、ですものね」

そうだ。ここ比多門町において、消防団は特別な存在だ。

火事が起こって一一九番通報しても、一番近い消防署は町をまたいだ八賀署である。もし火災が比多門の山際ならば、四十キロは離れている。消防車が着く頃《ころ》には一帯が丸焼けだ。となれば住民は当然、町の消防団に頼るほかない。

火は恐ろしい。火はなにもかも燃やし、灰塵《かいじん》に変える。家も車も人も、それまで築きあげたすべてを無にしてしまう。

――その火を消し止める存在が、英雄でなくてなんだろう。

「では先生、この流水柄でお決めになります？」

「ええ。そうします」

敏江はうなずいた。

「ほんと言うと、ここに来るまで借りるかどうか迷ってたんです。浴衣なんて、十年以上着ていませんし」

「あらもったいない。お忙しかったんですか？　お勉強で、夏祭りに行く時間も取れなかった？」

「そういうわけじゃないんですが」

敏江は言葉を濁した。

その脳裏に、ぼうとオレンジの炎が浮かぶ。

炎の後ろには、色彩が溢《あふ》れている。

それぞれの願いを記した、短冊の赤、黄、青。あざやかな笹《ささ》の緑。少女たちの、白や緋色《ひいろ》の浴衣。そしてそのすべてを凌駕《りょうが》した、あの激しい炎。

――炎。

「先生？」

声をかけられ、敏江ははっとわれに返った。

「どうなさいました？」

「いえ。すみません。なんでもないわ」

敏江は慌てて笑顔を作り、「そういえば」と、急いで話題を変えた。

「さっき、向こうの通りから子どもの声が聞こえたような。誰《だれ》かのお子さんかしら」

「まさか」

間髪を容《い》れず、女主人が言った。

「あそこは飲み屋街ですよ。子どもなんかいるはずありません。きっとレコードかなにかの音でしょう。ああそうだ、先生、レコードといえば……」

うまく話題がそれたようだ。敏江はほっとして、

「あ、帯はその紺でお願いします。おいくらですか？」

と訊《き》いた。

茜《あかね》と紺が二層になった夕焼け空に、蝙蝠《こうもり》のシルエットが群れ飛んでいる。

神社へつづく通りは『車両進入禁止』の看板が立てられ、午後から歩行者天国に切り替わっていた。

通りの両脇《りょうわき》にはずらりと露店が並ぶ。どぉん、どぉん、と胃の腑《ふ》に響くような太鼓が、蒸し暑い晩夏の空気を震わせる。

「辰見先生、こんばんは」

「あら、こんばんは」

敏江が受けもつクラスの女子生徒だった。両親と来たらしい。浴衣でなく絽《ろ》の夏着物をまとった母親が、にっこりと敏江に会釈する。

──やっぱり、浴衣を借りてよかった。

あらためてそう思った。

まわりの親子連れもカップルも夫婦も、ほとんどが和装だ。べつだん洋服でも肩身は狭くないが、「祭りの夜くらい」「せっかくの機会に」とあとで悔やむくらいなら、やはり着てきてよかった。

「辰見先生！　寄ってってよっ」

露店のあんちゃんに、そう声をかけられた。見ると、いつも出前を頼む蕎麦屋《そばや》の二代目である。『焼きそば』と看板を掲げた露店で、鉄板焼き用のヘラをふるっている。

「あらあ、どうしたの？」

「頼まれちゃってさ、ピンチヒッターだよ。でも安心して。ソースはちゃんと、ここの親爺《おやじ》の秘伝のやつで美味《うま》いから」

「大盛りにしてくれる？」

「もっちろん。先生になら、並みの値段で大盛りにしてやるよ。その代わりビールも買ってくれると嬉《うれ》しいな」

「ちゃっかりしてるわね」

笑いながら、敏江は巾着《きんちゃく》から財布を取りだした。

「お金はいっぺんに払っちゃうから、先にビールだけもらっていい？　まず一周して来たいから、焼きそばはあとでもらいに来るわ」

「オッケー。先生、やっぱりいい女だね。なんていうか、きっぷがいいや」

紙コップに注《つ》いだ生ビールを受けとり、敏江は通りを歩きだした。

――この雰囲気、懐かしい。

陽《ひ》が完全に落ち、あたりは夜闇《よやみ》に包まれつつあった。

太鼓や笛の音も、立ち並ぶ露店も、アセチレンランプから漂うカーバイドの香りも、なにもかもが郷愁を誘う。ランプのまるい光の中で、行きかう人びとが影絵のようにたゆたう。

屋台の列の先頭は金魚すくいだった。

次いで水ヨーヨー、べっこう飴《あめ》、薄荷《はっか》パイプ、お面、わた飴とつづく。

なぜか行列ができているのは、今川焼の屋台であった。品書きに『つぶ、こし、白、うぐいす』と達者な筆が並んでいる。

十メートルと歩かぬうち、生徒たちに声をかけられた。

「辰見先生、こんばんは」

「あっ先生、ビール飲んでる。いけないいんだ」

「そんなことないよ、かっこいい」

「先生、あっちにお化け屋敷があったよ。すげえ繁盛してた」

敏江はその一人一人に笑顔で応じた。

射的の露店には、なぜか若いカップルが多かった。十五、六の少年が粋がったポーズで銃をかまえている。

型抜きや知恵の輪の店には小学生が群がっていた。「ちくしょう」「また駄目だぁ」と、一様に悪態をついている。

すじ向かいのベンチでは、年配の男たちが碁を打っていた。とくに目立つのは『銀映座』のオーナーだ。浴衣をからげ、毛脛《けずね》を見せている。早くも酔っているのか、顔が真っ赤だ。

「なんといっても今年の大当たりは『サスペリア』さ。ありゃいいよ、絶対ロングランになる。あんたもいっぺん観《み》てみなって。おれはもう、度肝抜かれちゃったね……」

敏江はベンチの端に座った。

ランプの灯《ひ》に照らされながら行きかう人びとを、ビール片手に眺める。

真っ赤な水ヨーヨーを手にはしゃぐ少女。景品で当たったのか、おもちゃのピストルを大事そうに抱えた少年。御神輿《おみこし》の出番を待っているらしい、ねじり鉢巻きに法被《はっぴ》姿の若者たち。

——来てよかった。

あの日から、お祭りのたぐいには近寄れずにいた。浴衣姿の少女を見たなら、トラウマがよみがえりそうで怖かった。しかし杞憂《きゆう》だったようだ。

——楽しそうな人たちを見ているだけで、楽しい。

そう目を細めたとき、映画館のオーナーが敏江に気づいた。

「おっ、先生じゃないの。なんだそれ、ビールかい」

「ええ。さっき焼きそばの屋台で買った生ビールです」

「いいねえ、いける口なんだね。ここにビールの樽《たる》があるから、コップが空いたらどんどんお代わりしな。先生のぶんはおれが奢《おご》るよ」

「いいんですか？」

「いいのいいの。それより先生も『サスペリア』観に来なよ。ほんとおすすめだから。先生、映画好きかい？　本もいいけどそればっかじゃ駄目だよ。この世に、映画ほどいいもんはないよ……」

オーナーの映画談義に半分耳を傾け、半分聞き流していると、

「おっ、ヒーロー登場だぞ」

誰かの声がした。

思わず声の方向に目を向ける。ぎくりと敏江は身を固くした。

――一平さん。

一平が、弟と幼馴染《おさななじ》みとともに歩いてくるところだった。

町の少女たちに「西城秀樹《さいじょうひでき》そっくり」と騒がれる一平は、浴衣でなくTシャツにジーパンであった。すらりと伸びた長い脚は、確かに秀樹ばりである。その横には、幼馴染みのゆき子が寄り添っている。

われ知らず、敏江は紙コップを握りしめた。

敏江の目にも、ゆき子は群を抜いて可愛《かわい》らしかった。白地に藍《あい》で撫子《なでしこ》を染めた浴衣。透かし加工の名古屋帯。まさに文句なし、というやつだ。

そして一平とゆき子の後ろを、甚平《じんべい》姿の弟が従者のごとく付いて歩く。

「まるっきり、一対のお人形だな」

すぐ隣のオーナーがぽつんと言う。

「あそこん家は安泰、いや盤石だわな。近いうちに一平がゆき子ちゃんをもらって、晴れて会社を継いで、万々歳だ。町のヒーローとマドンナの結婚だもの。婚礼の晩も、みんなでこうして屋台を出さなきゃなあ」

はは、と笑ってビールを呷《あお》る。

しかし敏江は笑えなかった。

笑えない自分が情けなくて、さらに頰が強張《こわば》る。

消防団員はみな実業をほかに持っており、一平の実家は印刷会社を営んでいた。ゆき子の父親はそこのベテラン活版工だ。二人がいずれ結ばれることは、誰の目にもあきらかだった。

敏江はゆっくりと彼らから目をそらした。

――期待なんか、なにもしていないはずなのに。

恋なんかじゃない。ただの憧れだと自分でもわかっているのに。なのになぜ、こんなに胸が痛むんだろう。

敏江は目をつぶり、ビールの残りをぐっと干した。


祭りも佳境に入り、境内では櫓《やぐら》を囲んでの盆踊りがはじまった。

敏江は参加せず、拝殿の階段に腰かけていた。

さっきまで神輿をぶつけ合い、喧嘩腰《けんかごし》だった男たちが、いまはみな笑顔だ。アセチレンの灯に照らされ、頬や額がてらてら光っている。

子どもも大人も、男も女も、老いも若きも楽しそうだった。

――すこし飲みすぎたかな。

帯の上から、敏江は胃を押さえた。

馬鹿みたいにやけ酒をしてしまった。自分のものでもない男に妬《や》くなんて、ほんとうに馬鹿だ。生徒や親御さんの前だというのに、どうかしている。

――なのに目は、やっぱり一平さんを捜してしまう。

ふと、敏江は気づいた。

当の一平が、ゆき子からすこしずつ離れていく。じりじりと後ずさっていたかと思うと、茂みの中へ消える。

トイレにでも行ったのかと、敏江は深く考えなかった。しかし一平がいなくなってから数秒して、ゆき子がきょろきょろしはじめた。あきらかに一平を捜していた。

近くにいた一平の弟に、ゆき子が駆け寄る。しかし弟も行方《ゆくえ》を知らないらしく、首を横に振る。

なかば無意識に、敏江は立ちあがった。

——確か、こっちの方角へ消えたような。

一平を追って、どうするかは決めていなかった。

ただすこしでも二人きりになれるのでは、と淡い期待があった。多くは望まない。二人でほんの数分話せれば充分だった。

境内の裏手は林である。

つい先月にも氏子《うじこ》が総出で草むしりをしたはずだが、夏草は繁殖力が強く、すぐに丈を伸ばして茂る。湿った雑草をかき分けて、敏江は進んだ。あちこちで、虫があえかに鳴いている。

——一平さん。

あたりを見まわした瞬間。

敏江は突然、背後から口をふさがれた。

男の骨ばった手であった。うなじに、酒くさい息を感じた。

「先生」

耳に息を吹きかけられる。

男の正体を悟り、途端にぞわりとした。

——南信吉。

信吉は片手で敏江の口をふさぎ、もう片手で彼女の肘《ひじ》を押さえていた。胸板を敏江の背にぴったり密着させている。不快な汗が臭《にお》った。

「先生。先生も、一人になりたかったんか？　わかるよ」

ささやく声に、熱がこもっていた。

「祭りの晩ってのは、そういうもんだ。先生は物知りだけぇ、知ってるよな？　春生まれの子どもが多いんは、みんなが夏祭りの夜に子づくりすっからだ。神輿担ぐと、男は興奮するかんな。そんな男に、女も興奮する……。そういうもんだ」

肘を押さえていた手が動き、敏江の二の腕を撫《な》であげた。敏江の冷や汗と、信吉の掌《て》の汗とで、肌がぬるぬる滑る。

気持ちが悪かった。飲みすぎたアルコールとあいまって、胃液がこみあげた。

悲鳴を上げたい。しかし掌でふさがれた口からは、くぐもった呻きが洩《も》れるだけだ。体がすくんでいる。怖い。動けない。

「先生、おれは前から、あんたのこと……」

敏江はぎゅっと目をつぶった。思わず歯を食いしばる。

しかし、信吉の手はそれ以上動かなかった。それどころか、口をふさいでいた掌がゆっくり離れていく。

敏江はこわごわとまぶたを上げた。途端、ぎょっとする。

目の前の草むらから、火が立ちのぼっていた。

燃えている。塗りつぶしたような濃い闇《やみ》を、オレンジの炎が切り裂く。

——火。

敏江は悲鳴をあげた。

よみがえった悪夢が、いま眼前にあった。揺れる短冊。笹。少女たちの浴衣。一瞬で激しく燃えあがった炎。

「信吉！」

茂みが鳴り、一平が飛びだしてきた。

「野積みからだ、火が出た！　早くみんなぁ呼んでこい！」

「あ、——、あ、ああ」

敏江を放し、信吉がこくこくとうなずく。その足は、こまかく震えていた。

「ぽ、ポンプ車、まわしてこねえと」

「駄目だ、間に合わねえ！　いいから男衆に声かけてこい！」

「わ、わかった」

きびすを返し、信吉が境内に向かって駆けていく。

敏江はその場に、へなへなと崩れ落ちた。一平に抱きとめられたが、もはや胸のときめきどころではなかった。

その後のことは、遠い世界の光景を見るようだった。

集まってきた男衆たちが、一平の指示で、神社に近い井戸を確保しに走った。そしてバケツリレーがはじまった。

もっとも火に近い位置にいたのは、やはり一平だった。

前髪が焦げ、スニーカーの爪《つま》さきがちりちりと音を立てるほど近づく。火勢が増すたび、炎の鼻っぱしらにバケツの水をぶちまける。

空になったバケツを受けとるのは、一平の弟だ。バケツを抱えては、井戸まで繰りかえし駆けていく。

意外なことに、一平に次いで活躍したのは信吉だった。機転こそ利かないが、やるべきことには邁進《まいしん》できる若者だった。途中で浴衣を脱ぎ捨て、ブリーフ一枚で走りまわっていた。

さいわい火は燃えひろがらずに済んだ。

野積みが全焼し、まわりの雑草も丸焼けになったが、それだけだ。玉垣も、拝殿も本殿も無事だった。

「ああ、よかったあ」

「野積みはたまーにこれがあるからなあ。堆肥《たいひ》だのなんだの、いろいろ混ざりあってっから、自然に火ぃが出るんだな」

「バクテリアってやつだと聞いたぞ。野積みの中で育って、熱くなるんだとよ」

言いあいながら、住民が境内に引きあげていく。盆踊りこそ半端に中断されたが、祭り自体にもさしたる被害はなかった。

その中で、敏江だけがまだ動けずにいた。腰が抜けたように立てない。

「先生」

頭上から声が降ってきた。視線を上げる。

清次郎だった。浴衣がよれ、顔は煤《すす》で真っ黒だ。

確か彼は、一平に次いで火の近くにいたはずだ——。敏江は思った。バケツリレーの先頭である一平に、水を満たしたバケツを渡す役目が彼だった。

「大丈夫か？　立てっか？」

「え、ええ、ありがとう」

差しのべられた清次郎の手に、敏江はすがるようにして立った。汗が臭ったが、今度は不快ではなかった。

「ごめんなさい。わたし、火が……、火が、昔から駄目で」

「謝ることないさ。火が怖くない人間なんていねえ」

朴訥《ぼくとつ》だが、真摯《しんし》な語調だった。

清次郎に手を取られて境内に戻ると、一平はみなに囲まれていた。男衆に肩を叩かれ、ねぎらわれ、女衆からは熱い視線を浴びている。完全なるヒーローだ。

やがて、ふと気づく。

清次郎はまったく別の方向を見ていた。一平を見ていない。無意識に、敏江は彼の視線の先を追った。

一平の弟だった。

金魚すくいの屋台を背に、一人つくねんと立っている。もてはやされる兄と、寄り添うゆき子とを、人の輪から遠くはずれて見つめている。

「あいつも、かわいそうにな」

清次郎がぽつりと言った。

「いいやつなのになあ。……あんな目立つ兄貴がいたんじゃ、どうしたってかすんじまう。おれだったら、耐えられねえや」

4

夏が終わり、濃いセルリアンブルーだった空の色も日ごとに薄れた。いまは柔らかな浅《あさ》葱《ぎ》に、切れ切れの細い雲が浮いている。

野に咲く花ばなも、盛夏の頃に比べ、どこかはかなく淡いようだ。吹き抜ける風が涼しく、頬にやさしい。

その風に反比例するかのように、世間ではハイジャック事件が相次いだ。ダッカだのルフトハンザだのと、聞き慣れぬ地名がテレビで毎日連発された。

そのニュースもおさまった頃である。

町に、おめでたい噂《うわさ》が流れはじめた。

「一平とゆき子が婚約する」という噂であった。

両家の名入りの赤飯を頼んだとかで、注文先の餅菓子屋《もちがしや》から話が洩れたのだ。住民たちは「ついにか」「いや二人とも二十歳《はたち》そこそこだろう。早くねえか」と、寄るとさわると彼らの噂ばかりだった。

――あの夏祭り以来、火事は起こっていない。

敏江はブラウスの衿《えり》を正し、教員用の下足箱で上履きを靴に履きかえた。

「辰見先生、お疲れさま」

「お疲れさまです。ごきげんよう」

正門前を掃き掃除する校務員に挨拶《あいさつ》する。そのまま、商店街へと向かった。まずは文具屋と本屋をはしごしてから、八百屋で煮物の材料を見つくろう。

暑い時期は台所に長く立つのがいやで、さっと湯がいて食べられる素麺《そうめん》や、きゅうりの浅漬け、茹《ゆ》でたまごばかり食べていた。独身だからできる芸当である。

——もし結婚していれば、こうはいくまい。

内心で自嘲した。八百屋の主人が、店の奥から声を張りあげる。

「辰見先生、いらっしゃい。蓮根《れんこん》のいいのが入ったよ。きんぴらにしても、炊き込み飯にしても美味いよ」

「蓮根、もらうわ。そろそろ煮物をしなくちゃと思ってたの。ほかにもおすすめありません？」

「煮物なら、牛蒡《ごぼう》は絶対だねえ。あとは人参《にんじん》、里芋、いんげん……。角の乾物屋で、車麩《くるまぶ》を買ってくのもいいよ。ありゃあ煮汁がよく染みるんだ」

結局袋いっぱいに買い、敏江は八百屋を離れた。

その後は乾物屋に行くつもりだった。

しかし足は、なぜかふらりと餅菓子屋へ向かった。一平とゆき子が、婚約のため赤飯を注文した餅菓子屋であった。

「すみません。串団子《くしだんご》ひとパックお願いします」

「はあい、まいどあり。みたらしだけ？　草餅と半分ずつ？」

「半分ずつのを」

この店の餅菓子は宵越しができない。一夜置くと硬くなって食べられたものではない。その代わり、買ったその日に食べるなら抜群に美味い。

店の前のベンチに座り、さっそく頬張った。

店員がサービスで、無料の熱い茶を運んできてくれる。

商店街を行きかう人びとを見るともなしに眺めながら、敏江はつぶ餡《あん》をたっぷりのせた草餅を味わった。ひと嚙《か》みごとに、爽《さわ》やかなよもぎの香りが鼻に抜ける。

ふっと、隣に影がさした。

ゆき子だった。

同じく買い物帰りらしく、重そうな袋をベンチにのせている。ふうと息をついてから、ゆき子は敏江の隣に座った。

「こんにちは。先生」

「こんにちは」

敏江は応《こた》えてから、これだけでは愛想《あいそ》がないかと、

「おめでとう」と付けくわえた。

「え?」

ゆき子が目をしばたたいてから、

「ああ。――ありがとうございます」

と、あきらかに急ごしらえの笑顔を見せた。

意外な態度だった。敏江は内心で首をかしげた。まわりじゅうから「おめでとう」の言葉を浴びている時期だろうに、この間延びした反応はなんだろう。

――あまり嬉しくないのかしら?

そう考えたそばから「まさか」と敏江は打ち消した。

以前に誰かも言ったとおり、町のヒーローとマドンナの婚約だ。嬉しくないわけがない。

こんなふうに勘ぐるなんて、ひがみ根性もいいところだ。

「えーと……。よかったら、おひとつどうぞ？」

話の接ぎ穂をなくし、敏江は団子をゆき子に差しだした。

「いいんですか」

「ええ。もちろん」

ではいただきます、とゆき子がみたらしの串を一本取った。

しばし二人とも、無言で団子を味わった。ねっちりした感触が歯の裏に、頬の内側に、こころよく粘りつく。

やがて、ゆき子がぽつりと言った。

「――むずかしそうな本」

「え？　ああ、これね」

敏江は視線を落とした。さきほど本屋で購《もと》めた本が、鞄《かばん》からはみ出ている。

はにかむようにゆき子が唇を噛んだ。

「いまだから言えますけど……、ほんとはわたしも、子どもの頃は学校の先生になりたかったんです」

辰見先生みたいな教師に――。

そう言われ、敏江は返す言葉を失った。思いもよらぬ言葉だった。

ゆき子は敏江の相槌《あいづち》を待たず、

「でも、親の反対を押しきってまでは目指せなかった。……その時点で、向いてなかったんでしょうね」

とつづけた。

「そんな半端な気持ちじゃ、どうせつとまらなかったでしょう。むずかしい本だって、わたしなんかには読めないし」

「教師なんて、べつにたいそうな職業じゃないわ」

敏江は首を横に振った。

「終戦後に〝でもしか先生〟なんて言葉が流行《はや》ったくらいだもの。やろうと思えば、誰だってできる。向き不向きなんて関係ないわ」

半分は謙遜《けんそん》、半分は本音だった。

これから世の中がどうなるかは知らない。だがいまの世で職業婦人を目指すなら、手っ取り早いのは教師か看護婦か美容師である。敏江自身、結婚よりも自立を望んで教員免許を取った。

——この選択を、とくに後悔しているわけじゃない。

そうだ、結婚に憧れはなかった。べつだん一平と結ばれたかったわけじゃない。期待などなにひとつしていなかった。けれど。

けれど。

「ここにいたんか」

突然、ななめ上から男の声がした。一平の声に似ている。だが、どこか違う。

敏江は顔を上げた。

　一平の弟だった。彼は敏江の存在など視界に入らぬ様子で、「……探したさあ」とつづけた。

　ひび割れた声だ。ひどく苦しげだった。

　反射的に、敏江は立ちあがろうとした。部外者の自分がいてはいけない。そんな切羽詰まった空気を、皮膚で感じた。

　しかし立てなかった。

　隣のゆき子のせいだ。彼女は敏江の手首を、痛いほど強く摑《つか》んでいた。指の力が「行かないで」と訴えていた。行かないで、お願いだから一緒にいて——と。

「探したさあ」

　一平の弟はいま一度繰りかえすと、「これ」と、ゆき子に手を差しだした。

　手製らしい木彫りのペンダントだった。薔薇《ばら》なのか、それとも牡丹《ぼたん》か。敏江の角度からはよく見えなかった。

「受けとれない」

　ゆき子がかぶりを振った。

「言ったよね？　受けとれないって」

「これくらいのことも、駄目なんか」

「だって――。わかるでしょう。わかってよ」

ゆき子は彼を見もしない。対照的に、一平の弟はじっとゆき子を見下ろしていた。溜《た》まった涙がいまにもこぼれ落ちそうだ。

唇を噛み、彼はペンダントをゆき子の胸に押しつけた。

「やめて！」

ゆき子がちいさく叫ぶ。一平の弟は顔をそむけた。そのままきびすを返し、一散に駆け去っていく。あとにはゆき子と、なかば呆然とした敏江が残された。

一陣の風が吹く。足首が妙に寒ざむしい。

「あ、あのう……」

敏江がへどもどと声をかける前に、

「……せん」

ゆき子の唇が動いた。

「すみま、せん。辰見先生に、おかしなところをお見せして」

「いえ、べつに、いいんだけど」

敏江は気を取りなおし、たったいまゆき子に押しつけられたペンダントを指した。

「それ、どうしたの？」

「これは、その」

ゆき子が視線を落とし、目じりをくしゃっとゆがめた。

「先生。——ここだけの話に、してもらえますか」

「え……」

自分から訊いたにもかかわらず、敏江は一瞬たじろいだ。なかば独り言のように、ゆき子が声を落とす。

「一平さんとの婚約が決まった夜、あの子が来たんです」

一平の弟のことだろう。呻くように、ゆき子はつづけた。

「あの子、言いました。『兄貴よりおれを選んでほしい』って、このペンダントを差しだして……。でも、でもわたし、受けとれなかった。だって……」

「そうね」

敏江はうなずいた。そうでしょうね、としか言えなかった。

そのときはじめて、ゆき子がまだ自分の手首を握っていると気づく。ゆき子の手はわないていた。握りしめすぎて、指の関節が白っぽくなっている。

だが、不思議と不快ではなかった。

——この子にとって、わたしは〝先生〟なんだ。

あらためてそう気づいた。

むろん実際の教え子ではない。けれどわたしを教師であり、頼れる存在と思いこんでいる。こうして吐きだすように懺悔《ざんげ》し、わたしの手を握ることで安心したがっている。

内心で、敏江はため息をついた。

——頼られては、嫌えない。

もとよりゆき子を嫌いだったわけではない。だが前以上に憎めなくなった。それに同性として、好きでもない男に付きまとわれる恐怖はよく理解できる。

敏江は手を伸ばし、ゆき子の肩を抱いた。

重い恋情を押しつけられた恐れと怯《おび》えが、肩の震えから伝わってきた。その恐れにこそ、共感を覚えた。

その後、しばらく二人は動かなかった。

ぴたりと寄り添ったままじっとしていた。

やがて、敏江は低く言った。

「……どうするの。返すの？」

むろんペンダントのことだ。ゆき子がかすれた声で返す。

「辰見先生だったら、返しますか？」

「わたしだったら……」

敏江はすこし言葉に詰まり、

「わからない。でもすくなくとも、一平さんとの新居には持ちこまない」と言った。

「それまでに、どうにかかすると思う」

「どうにか……」

「ええ、どうにか。処分するも返すも、あなたの自由だけれど」

ゆき子が、自由――、とうつろに繰りかえす。

その後も二人は、ベンチから動けなかった。

餅菓子屋の店員がお茶のお代わりを運んできたときも、やはり姉妹のごとく寄り添って座っていた。

5

敏江がゆき子とふたたび話せたのは、一箇月半後だった。

「こんにちは」

「こんにちは」

出会ったのは、やはり商店街でだった。二人とも重い買い物袋を肘にかけていた。有線放送からは、クイーンのヒット・ナンバー『伝説のチャンピオン』が大音量で流れている。

前回と違うのは、敏江は茄子紺《なすこん》のコートを、ゆき子はチェック柄のオーバーを着こんでいることだ。

季節はめぐり、冬になり、そして。

――そして、町の空気も一変した。

つい敏江は、言わでもの台詞《せりふ》を口にしてしまった。

「大丈夫？」

ゆき子が一拍置いて、

「大丈夫です」

と答える。だがその頬は、あきらかに硬かった。

二人はごく自然に、連れだって商店街を歩いた。今回はベンチでなく、甘味屋に腰を落ちつけようと暖簾《のれん》をくぐる。奥のテーブルに、向かいあって着く。

「ここはわたしが」そう言って、敏江は店員にお汁粉を二つ注文した。

しばしの間、どちらも黙りこくっていた。

先に口火を切ったのは敏江だった。

「大丈夫？」と、いま一度繰りかえす。

うつむいたまま、ゆき子がかすかに苦笑した。

「ほんと言うと、よくわかりません」

大丈夫なのか、大丈夫でないのか、さっぱり——と。

正直な答えに聞こえた。敏江は店員が運んできたほうじ茶を一口飲み、窓の外を見やった。

——町のヒーロー、失脚。

この一箇月半の間に起こったことを端的にあらわすならば、この一言だ。

もっとも敏江は、あまりくわしいところを知らない。町に流れた噂を、ほかの住民たちと同程度に耳に入れ、同程度に知っているだけだ。

しかしその噂は、どうやら九割がた真実であった。

——一平が火をつけ、みずから率先して消し止めていた。

文字どおりのマッチポンプというやつだ。

毎回ではなかった。とはいえ本人の自供によって、すくなくとも四件の火災が彼自身のつけ火だと発覚済みだった。その中には、あの夏祭りの火事も混じっていた。野積みの自然発火ではなく、一平がライターで火をはなったのだ。

「ゆき子にいいところを見せたかった」

そう一平は自白したという。ゆき子と婚約するための、あと一押しがほしかったのだ、と。

なぜ彼のマッチポンプが発覚したのか。

それは比多門消防団長に届いた、匿名の告発文からであった。

——今夜十一時、寺町の道具小屋につけ火される　先まわりせよ
——誰にも言うな　必ず一人で行け
告発文にはそうあった。

半信半疑ながら、団長は見まわりの巡回コースと時間帯を変えた。いつもなら寺町あたりの巡回は、八時には終わる。だがなんとなく虫が騒いで、彼は十時半過ぎに道具小屋へ

と足を向けた。

「いたずらならいたずらで、べつにいいと思った。匿名の手紙なんぞに踊らされるのは馬鹿らしいとも思っていたし、誰に言うつもりもなかった」

と団長はのちに語っている。

そして夜十一時、五分前。

団長はその目で、告発文は真実だったと見てとった。

人目を忍ぶように、黒い影が足音を殺してあらわれた。小屋の脇にしゃがみこむ。ごそごそとなにか手探る気配ののち、じきに煙の臭いがしはじめた。

夜闇に赤い火がぼうと上がるのを待ち、団長はかねて用意の水をバケツごとぶちまけた。

影が悲鳴をあげる。水は火を消し、同時に男を頭から濡《ぬ》らした。バケツが、がらんがらんと音をたてて転がった。

「誰だ！」

怒声とともに、団長は懐中電灯で影を照らした。電灯のまるい光のもと、浮かびあがったその顔は。

——比多門消防団の、そして町のヒーローだった。

内心で敏江が嘆息したとき、店員がお汁粉を運んできた。

「食べましょう」

「……はい」

ゆき子がうなずく。最後に見たときより、その頰ははっきり削《そ》げていた。三キロは痩《や》せたな、と敏江は察した。

お汁粉は熱く、舌が痺《しび》れるほど甘かった。

「……団長さん、が」

ゆき子が低く言う。

「警察には届けない方向で、町をまとめてくれるそうです。一平さんのつけ火で、さいわい一度も怪我人《けがにん》は出なかったから、と……」

「人がいそうなところには、火をつけなかったものね」

敏江はつい彼をかばう言いかたをした。

「野積みだの空き家だの、道具小屋だの、無人の場所に、しかも夜中にだけ火をつけていた」

とはいえ、擁護できないことは承知していた。

放火は重罪だ。万が一誰か死んでいたなら、極刑の可能性とて充分にあった。団長は告発しないというが、本来ならかばいだてできる罪ではなかった。

「……一平さんは、消防団を、永久追放だそうです」

ゆき子が声を詰まらせる。

敏江は匙《さじ》を置き、尋ねた。

「いま彼は、どうしているの？」

「ぬけがら同然です。家に閉じこもって、一歩も出ようとしません。ごはんも食べないし、眠ってないみたいだし……。おじさんもおばさんも、どうしていいかわからないと言ってます。とくに、おじさんは」

ゆき子がうなだれる。おじさんおばさんとは、一平の両親のことだろう。お汁粉に添えられた柴漬《しばづ》けを、敏江は箸《はし》でつまんだ。

——一平の、父。

敏江は最近知った話だが、この父親こそが〝元祖・比多門消防団のヒーロー〟だったらしい。一平は二代目であった。

十六歳から団入りした一平の超人的な活躍を、いままで誰も疑わなかったのはそのせいもある。一平はサラブレッドだったのだ。

「あなたは、どうするの？」

柴漬けを嚙み、飲みこんで、敏江は訊いた。

「わたしは……」

ゆき子がふっと笑う。

「……わたしたちの祝言は、予定どおり、来年の春に挙げます。なにひとつ変更はありません」

その日はじめて彼女は顔を上げ、敏江を見た。

「馬鹿ですよね。辰見先生みたいな人には、きっと笑われるでしょう。わかっているんです。でも……」

「いえ」敏江はさえぎった。

「笑わないわ」

そう、笑ったりしない――。敏江は口の中でつぶやいた。それどころか、はっきりとゆき子に好意を感じはじめていた。彼女の芯《しん》の強さに、感嘆しかなかった。

ゆき子が無意識のように、左手を下腹部にずっと当てている。

敏江は問うた。

「何箇月なの？」

「まだ、六週目です。やっと心臓の音が聞こえはじめたくらい……」

「そう」

敏江はうなずいた。

不思議と嫉妬《しっと》は感じなかった。むしろ「よかった」とさえ思った。よかった。消防団を追放され、生き甲斐《がい》を失っただろう一平にも、これで新たな生きる意味ができた――と。

「生まれる頃になったら、教えてね。お祝いを贈るから」

「そんな。先生に、そこまでしていただかなくても」

ゆき子が首を振る。

「いいの」

敏江は微笑んだ。

「わたしもお祝いの末席にくわわりたいのよ。――贈らせて」

敏江のもとに凶報が届いたのは、その夜だった。

一平の弟が自宅の庭で灯油をかぶり、焼身自殺したという報《しら》せであった。ゆき子の妊娠を彼が知らされた、わずか六時間後のことだ。

一平の弟は遺書を残していた。兄の放火を告発したのは自分だと、つたない文章で綴《つづ》ってあった。たった十二行の中に「兄貴、ごめん」の言葉が七度も記されていた。

その翌週、敏江は「ゆき子が流産した」との噂を聞いた。

6

【三十年前】

焼け跡で、敏江は呆然と座りこんでいた。

時刻は明け方の五時半だ。空の端が白みはじめている。

すでに火は、完全に消し止められていた。ただし消防団の活躍ではなく、比多門消防署の活躍によってである。あとには灰と煤。燻《いぶ》されたような刺激臭。そして校舎の残骸《ざんがい》があるだけであった。

——まさか学校が、こんな。

つい昨日まで、敏江と生徒たちが通っていた比多門第一小学校だ。それがいまは消し炭と化し、数本の黒い柱を残すのみになっている。

——新学期になって、たった四日で校舎が全焼するだなんて。

やけに雨のすくない四月だった。このところ、曇りと晴れの日ばかりがつづいた。からからに乾いた大気の中、古い木造校舎はあっという間に燃え尽きた。

「辰見先生」

声がした方向を、敏江は緩慢に振りかえった。

清次郎だった。最近は実家の農業を手伝いながら、映画館『銀映座』で映写技師をしていると聞く。

公的な消防署ができてからというもの、町の消防団は急速に勢いを失《な》くした。いや正確には、一平が失墜して以後だろうか。ともかく近年の火災に、比多門消防団員の出番は滅《めっ》多《た》になかった。

「先生、大丈夫かい」

「あ、——はい。ええ」

うなずいてから、敏江は縁石に座っている己にようやく気付いた。

かろうじてコートは着ているものの、その下は寝間着だ。縁石に付けていた尻《しり》が、夜露で湿って冷たい。

「よっこらしょ」

中年くさい仕草で、清次郎が隣の縁石に腰かけた。とはいえ中年くさくて当然である。清次郎も敏江も、四十の坂にさしかかってしまった。

「鬼の辰見先生が、まぁだ火事が苦手とはな」

「え？」

「前も言ってたろう。ほら、ずーっと前の夏祭りの晩にさ」

「ああ」

敏江は、思わず苦笑した。

笑えたのが自分でも不思議だった。「学校が燃えている」との報を聞いてからというもの、生きた心地がしなかった。ごうごうと燃えさかる火を前に、心臓が止まりそうだった。

――なのにいまは、引き攣《つ》りながらもこうして笑えている。

敏江はコートの衿をかきあわせて、

「それはそうと〝鬼の辰見先生〟ってなんです？　わたし、これでも学校じゃ人気者のつもりなのに」

「いやいや、甥《おい》っ子が言ってたよ。『辰見先生は怒るとおっかねえ。普段やさしいぶん、よけいにおっかねえ。何度かパンツの中にちびっちまった』とさ」

「もう、やめてよ」

清次郎をぶつふりをしつつ、しかし敏江の目は焼け跡の向こうを見ていた。

——ゆき子さん。

野次馬の中に、息子を連れたゆき子がいる。

十五年前に流産したゆき子は、その八年後にようやく長男をさずかった。今年七つになる息子は、比多門第一小学校に通いはじめたばかりだ。その矢先、校舎がこうして全焼した。

「ああっ、まずいな」

清次郎が舌打ちした。「まずい」の意味は敏江にもわかった。

南信吉だ。取りまきを連れ、ゆき子たちに絡んでいる。切れ切れながら、言葉の断片が聞こえる。

「……さかまた、一平が……、……えら一家は、火に呪《のろ》われ……」

清次郎が立ちあがり、駆けだした。

一平が失脚してからというもの、みるみる台頭したのは信吉だった。近ぢか町議選にも出馬する予定だという。だからだろう、前にも増して受けを狙《ねら》った言動や、挑発的なふるまいが目立った。

——まさかまた、一平がつけ火したんじゃないだろうな。

——おまえら一家は、火に呪われている。

信吉にしてみれば、住民の思いを代弁しているつもりなのだ。しかも存外まとはずれではないらしい。その証拠に、野次馬たちがゆき子母子《おやこ》に向ける目は、一様に冷たかった。

駆けつけた清次郎が、ゆき子と信吉の間に割って入る。片手拝みで、へりくだって信吉をなだめはじめる。

信吉の顔には嘲笑《ちょうしょう》が貼《は》りついていた。自信と自負に溢れた笑みであった。

――わたしも、行かなければ。

まだ震える足で、敏江はなんとか立ちあがった。

信吉を諫《いさ》め、ゆき子の息子をかばわねばならない。あの子はうちの生徒だ。しかも、まだ一年生だ。

だが敏江が歩きだす前に、ゆき子は信吉に背を向けた。息子の背を押し、足早に歩き去っていく。

あとには勝ち誇った信吉と、苦い顔の清次郎が残された。

立ちつくす敏江のもとに、「いやはや」頭を掻《か》きながら清次郎が戻ってきた。

「なんとも役立たずで。すみません、先生」

「いえ」

敏江はかぶりを振ってから、小声で訊いた。

「……最近、一平さんはどうしています?」

彼が家業の印刷会社を継いだこと。以前からの得意先を中心に、細ぼそとながら堅実に商売していることまでは知っている。だが肝心の一平本人は、ほとんど人前に姿をあらわさなかった。

「最後に会ったんは、三箇月くらい前かなあ」

清次郎が答えた。

「……こんな言いかたはあれだけど、一平の親父《おやじ》さんも冷たいよ。そりゃあ長男があれで、次男があんな死にかたじゃあ、ショックだったのはわかるけどさ。会社を一平に渡して、自分は山際の別宅に引っこんじまって……。まあ、あの人はほんまもんの英雄さまだったからな、凡人の気持ちなぞわからねえのかもな」

――ほんまもんの英雄さま。

清次郎の言うとおりなのかもしれない。ぼんやりと敏江は思った。

子どももだってそうだ。たとえば運動神経が抜群にいい生徒は、ほかの生徒がなぜ自分と同じにできないのかわからない。

「逆上がりなんて、地面を蹴《け》って、腕をぐっとすればいいだけじゃん」「球をよーく見て、引きつけてからバット振れば当たるよ」生まれつき自然にできるからこそ、できない他人が理解できず、無能に感じる。

――その感覚のまま育ってしまう人も、世の中には間々存在する。

他人が、同僚が、息子が、なぜ自分のようにできないのか。

理解できず、また理解しようともしない人種が。

一平の父は、ほんとうに芯から〝火を恐れない〟男だったようだ。そして火災への嗅覚がずば抜けて高かった。

つけ火の自作自演などしなくても、つねに一番に臨場し、どんなに燃えさかる火にもぎりぎりまで近づくことができたという。

そんな英雄の息子は、わずか十六歳で消防団入りした。町民の期待は、否《いや》が応でも一平に集まった。そのプレッシャーがどれほどのものだったか、敏江には想像することしかできない。

「信吉のやつが、『学校の火事は一平のしわざだ』なんぞと噂を流すかもしれねえ。もし生徒たちが騒ぐようなら、先生、お願いします」

「ええ、もちろん」

敏江はうなずいた。

「かたっぱしから否定して、打ち消します」

言いきったとき、腰のあたりで声がした。

「辰見先生」

見ると、今年の一年生だった。

一平の息子と同じクラスの男子だ。白い頬に煤を付け、敏江のコートの裾にすがるように立っている。

「学校が焼けちゃった。これから、どうするの？　学校、なくなるんですか？」

半べそ顔だった。

敏江は慌ててしゃがみ、彼の肩に手を添えた。

「大丈夫、学校はなくなったりしない。ただ校舎が焼けただけよ。しばらくは、どこかを借りて授業することになるけどね。すこしの間、不便なのを我慢してくれる？　すぐにもとどおりになるからね」

男子がこくりとうなずいた。

「ぼく、学校、好きなんです。先生にも会えなくなったら、悲しい……」

「ありがとう」

うつむいた頭をそっと撫でて、敏江はあたりを見まわした。

すこし遠くに、垢《あか》ぬけた美しい女性が立っていた。

この子の母親だろうか。敏江は目をすがめた。この生徒の保護者は、祖母しか見たことがない。入学式も祖母が一人で来ていたはずだ。

男子が女性に駆け寄っていく。女性が抱きとめる。

やはり母親らしい、と敏江は安堵《あんど》した。

祖母もきれいな人だったが、母親は夕顔のごとくはかなげな美女だ。ゆき子の可憐《かれん》さとはまた違う、女優と言っても通る美貌《びぼう》である。

鎮火報の鐘は、まだ鳴り響いていた。

7

【二十五年前】

昼下がりの八賀市立野球場は、観客席を六割がた埋めていた。

七月に入ったばかりで、陽射しはさほどきつくない。

だが女性の大半はつばの広い帽子をかぶっていた。肘までの手袋をはめた女性もすくなくない。

対照的に、男性たちはタオルを頭からかぶる程度である。半袖《はんそで》から突きだした腕やうなじを、惜しみなく紫外線にさらしている。

日曜だけに、冷えた缶ビールを開ける者がちらほら見えた。陽を弾《はじ》く銀いろの缶は、おそらく売れ筋のドライビールだろう。

球場の得点板には『八賀広域地区少年野球大会』の文字が躍っている。

比多門町もまた、〝八賀広域地区〟のうち一町であった。

今日の第一試合は、すでに九回裏ツーアウトの局面だ。スコアは四対一。最後の打者は空振り三振で、あっけなく終わった。

「あーあ」

「昼めし食って、第二試合だな。次はえーと、どことどこが対戦だぁ？」

まわりから気の抜けた声が洩れる。

敏江はレフト側の外野席一列目に座っていた。

「あ、先生！」

「辰見先生！」

勝った北泉《ほくせん》小野球チームのうち数人が、目ざとく敏江を見つけた。整列しての礼のあと、ベンチに戻らずまっすぐ駆け寄ってくる。

――去年までの教え子たちだ。

敏江は笑顔で彼らを迎えた。北泉小では三年間、教鞭《きょうべん》を取った。そして比多門第一小に舞い戻ることになったのが、今年の春である。

「先生、ちゃんと応援してくれた？」

「もちろんしたよ、佐々野くん」

「第一小《イッショー》とおれらが当たっても、先生はおれらの味方するよな？」

「それは迷っちゃうなあ。南くんが、今後も大活躍するって約束してくれなきゃ」

「するする。絶対活躍するって！」

元教え子たちの返事に、敏江は「ふふ」と微笑した。

佐々野充は、四年生ながらベンチ入りした有望株だ。そして「活躍する！」と言いきった南吉春は、あの信吉の息子である。

父親は二期目をつとめる町議会議員。母親は元ミス比多門。その「いいとこどり」と言われる吉春は五年生で、ショートの三番であった。

「さ、お昼食べてきなさい。お腹《なか》すいたでしょう。控室で、お母さんたちがお弁当広げて待ってるよ」

「うん！」

二人が駆け去ってしまうと、見はからったように、

「先生、ずるいんだあ」

と真横から声がかかった。

振りかえると、第一小の四年生、三宅美園がふくれっつらで立っていた。

安室奈美恵《あむろなみえ》の大ファンだという彼女は、小学生ながら全身を安室系ファッションで決めていた。口を尖《とが》らせ、その場で身をよじる。

「辰見先生は、いまはあたしらの先生じゃん。なんで前の学校の子たちと仲良くしてんの？　そんなのずるい。ずるいよ」

「ずるくないわよ。前の学校の生徒だって、教え子に変わりないもの」

そう敏江は笑ったが、美園は「ずるい、ずるい」と繰りかえすばかりだ。

「こら美園、よしなさい」

ようやく追いついたらしい両親が、背後から美園を諌めた。娘を抱えるようにして、頭を下げつつ離れていく。

気づけばまわりは、昼食のために席を立つ者、空いたシートに転がって昼寝をはじめる者、そのまま観客席で弁当を広げる者、とさまざまだった。

なんの気なしに敏江は首をめぐらせ、ふと視線を止めた。

――慧《さとい》くん。

敏江が担任を受けもつ、六年一組の学級委員長である。

南吉春も文武両道の優等生だが、慧は彼のさらに一段上をいく。なにより委員長として、クラスメイトへの面倒みが抜群にいい。

敏江はいま一度、観客席を目で探した。

――湊人《みなと》くん……は、やっぱり来なかったか。

敏江の胸に、安堵半分、落胆半分の奇妙な感情がこみあげる。

――一平さんの息子、湊人くん。

第一小学校の旧校舎が焼け落ちたのは、五年前のことだ。あの朝、信吉になじられて以来、ゆき子も一平同様あまり人前に出なくなった。

警察は火災の原因を「菜園用に積んでいた堆肥の自然発火」と見なした。にもかかわらず、人びとは口さがなく残酷だった。

「また一平のやつじゃないか」

「そろそろ、つけ火の虫が疼《うず》いたんでないか」

そんな噂がまことしやかに流れた。聞きつけるたび敏江は否定してまわったが、「一平のつけ火」というデマを完全に打ち消すことはできなかった。

——気の毒なのは、湊人くんだ。

敏江は内心で嘆息する。

湊人もまた、敏江の受け持ちの生徒である。慧ほどではないにしろ、成績はつねに上位だし、運動神経もいい。

しかしまわりの色眼鏡《いろめがね》のせいか、おどおどと引っ込み思案な子であった。卑屈と言っていいほどだ。もし委員長が慧でなかったら、いじめのターゲットになったかもしれない。

敏江はふうっと息を吐き、立ちあがった。と同時に、視界の隅を華やかな五色がかすめた。短冊の赤、黄、青。目にもあざやかな笹の緑。

ゲートの入り口に立てかけられた、七夕《たなばた》の飾りであった。

一瞬、くらりとした。

——七夕祭り。

足がもつれる。視界が大きく傾《かし》ぐ。立っていられない。

「おっと」

低い声とともに、敏江は誰かに抱きとめられるのを感じた。

はっとわれに返る。

慌てて目をひらき、足に力を入れる。

「あ、——ありがとうございます」

咄嗟に横から彼女を支えてくれたのは、六十代に見える男性だった。よく日焼けして、引き締まった体軀《たいく》をしている。知らない顔だ。だが、どこかで確かに見た顔でもあった。敏江は急いで記憶を掘り起こした。

しかし男性は敏江を見もせず、

「あれは、よくねえな」

とつぶやいた。

「……もし火事になったとき、あんな燃えぐさが通路にあるのはよくねえ。笹をあそこに立てかけたやつは、見栄えしか考えてなかったんだな」

彼の視線は、ゲートの七夕飾りに向いていた。

――あ、この人。

もしかして、と敏江は目をしばたたいた。

男性は敏江をまっすぐに立たせてから、目を細めた。

「あんたもどうやら、同じことを考えたな」

「え……」

「あの七夕飾りを見て、火事を連想しただろう。だから、思わずくらっときた。おれとおんなじだ」

「あ、いえ、わたしは――」

首を振りながら、敏江は男性が何者であるのか確信した。知らないのに、見た顔だと思ったのも道理であった。

「わたしは、ただ……昔のことを、思いだしまして」

彼女の言葉に、男性がうなずく。

「ああいうもんが燃えるのを、見たんか」

「ええ。ほんの子どものときに」

敏江は顔を上げた。

声が、やけになめらかに喉《のど》を通った。

「ここじゃなく、昔住んでいた町でのことです。あれは、町立の体育館だったのかしら。それとも公民館か……。七夕祭りでした。浴衣を着た子どもたちが、たくさん集められて……」

なぜか敏江は、数十年間誰にも話さなかった記憶を、男に洩らしはじめていた。

目の前の男性がまとう空気が、そうさせた。

奇妙に火の匂いのする男であった。

「照明を消して、蠟燭《ろうそく》の火をともす演出がありました。その蠟燭の一本が、倒れたんです。倒れた先は、女の子の浴衣でした。浴衣は綿だったから、一気に……」

――一気に、燃えあがって。

「かわいそうに」

男性は顔をゆがめた。

「消し止められたのか？」

「はい。でも、すごく時間がかかったんです。とても長く感じました。……スプリンクラーがなく、消火器も置いていない施設だったんです。設置義務が、たぶんいまよりずっとゆるかったんでしょう。女の子は火の柱になって、燃えあがって――。わ、わたしのすぐ目の前で、倒れました」

「かわいそうに」

男性はいま一度言い、敏江の背を叩いた。

いまのはわたしに向けた言葉だ――。敏江は思った。

さっきの「かわいそうに」は燃えた女の子に。そしていまの「かわいそうに」は、昔のわたしへの言葉だ。無残な光景を目の当たりにした、幼い頃の敏江。

「すみません、変な話をして」

「いや」

「篠井《しのい》さん、ですね？」

敏江は男性をまっすぐに見た。

篠井印刷会社の前社長、そして一平の父親。比多門消防団の、真の英雄。

――以前ゆき子が、わたしに懺悔した日と同じだ。

同じことが起こった。ゆき子がわたしを頼って胸襟をひらいたように、わたしはいまこの男性に心をひらいた。

なぜって〝火〟だからだ。

ほかの話題ならば、初対面の相手に話したりはしない。でも〝火〟の話ならば、この人に打ちあけていい。いや打ちあけるべきだ。そう思わせるなにかがあった。

「燃えた女の子は、どうなった？」

「救急車で搬送されましたが、助かりませんでした。全身の八割に、火傷を負っていたそうです」

「そうか」

篠井が静かに首肯した。

――一平さんの気持ちが、すこしわかった気がする。

敏江は内心でつぶやいた。篠井に触れてみてわかった。この父親と比べられながら生きるのは、つらかっただろう。さぞ重圧の日々だったろう。

「わたし、教師なんです」

敏江は言った。

「お孫さんの、湊人くんの担任を受けもっています」

「そうだったか。それはお見それした。孫をよろしく」

「いえ」

かぶりを振る。篠井は彼女の背をもう一度叩き、離れていった。なぜか離れてからのほうが、彼の服や髪に染みた煙草《たばこ》の臭いを感じた。

「先生」

背後から声がした。

「先生、大丈夫ですか？　気分が悪いの？」

振りかえると、学級委員長の秋月《あきづき》慧が立っていた。

「大丈夫よ。心配しないで」

敏江はぎこちなく微笑んだ。

「大丈夫だから。――ほんとうに」


篠井が死んだのは、その翌週だ。

一平の母はすでに亡く、篠井は一人きりで山際の家に住んでいた。その家が、真夜中に全焼したのだ。

焼け跡からは篠井の死体が見つかった。

発火地点は庭の植込みで、あきらかな放火だった。

町民は、慌てて一平の家へ報せに走った。しかし彼はいなかった。荷物をまとめ、すでに出奔したあとだった。

家には呆然とするゆき子と、湊人とが残されていた。

「一平のやつぁ、ついに本懐を遂げたんだな」

そうぽつりと言ったのは清次郎だった。

「あいつがほんとうに燃やしちまいたかったんは、親父さんだった。……みんな、薄うす知ってたんだけどな。結局、なんもしてやれんかったな」


四十九日が明けるのを待って、ゆき子は比多門町から引っ越した。

湊人ともども親戚《しんせき》の養子になり、姓を変えて、別天地でやりなおすことになったという。

とはいえ、あくまで噂であった。

噂以上のことを、敏江は知らない。知る立場になかった。彼ら母子《おやこ》がどの地に越したのか、なんという姓になったのか、なにひとつ知らないままだ。

季節は過ぎ、歳月は過ぎた。

やがて噂も途絶えた。

二年も経つ頃には、一平の名を口に出す者もなくなった。

敏江の中でも、彼らの記憶は次第に薄れていった。くすぶる煙の臭いをふと嗅いだときに、わずかに思い起こすのみだった。

第四章

1

佐々野消防士の元妻は、刑事たちの突然の来訪に面食らっていた。

「正護北区管内の連続放火について聞き込みをおこなっています。ご近所で不審者や、不審な車などを目撃していませんか？」

手帳を見せて鳥越がそう訊《き》く。

「いえ、とくには……」

元妻は首を横に振った。

「うちは子どもがやんちゃ盛りで、ついわが子にばかり目が行ってしまうんです。まわりを見る余裕があまりないもので。すみません」

「いえ、謝ることはないですよ」

鳥越は笑顔で彼女をなだめた。

佐々野の元妻が息子とともに住むアパートは、旧八賀市と旧比多門町のちょうど境あたりに建っていた。消防官舎からなるべく遠く、かつぎりぎり校区内で新居を探した結果だろう。

「消火器を置いておられるんですね」

コンロと冷蔵庫の隙間《すきま》から覗《のぞ》く赤を、鳥越は指した。

「一家庭に一消火器は理想ですが、現実は難しいですよね。その点、お宅は意識がしっかりしておられる。今回の放火を警戒して、購入されたんですか？」

「あ、いえ」

元妻は口ごもった。

「わたし個人がどう、というわけじゃないんです。家族……いえ親族に、消防関係の者がいるもので」

「ほう」鳥越は大げさに表札を見なおして、

「そういえばお宅は〝佐々野さん〟でしたね。もしやご親戚とは、正護北消防署の佐々野消防士ですか？」

と白い歯を見せた。

「佐々野消防士とは、公民館火災でも映画館火災でも現場《げんじょう》でお会いしました。いとこ同士ですか？　それとも義理のお兄さんとか？」

「あ、いえ、その……」

諦《あきら》めたように、元妻が肩を落とす。

「じつは――元夫なんです。一年ほど前に、離婚しまして」

「ああ、そうだったんですか。それは失礼」

鳥越はいかにも気まずそうに眉《まゆ》を下げた。むろん芝居である。

離婚後も子どもが不自由せぬよう気遣ったのか、元妻は姓を変えず、転校もさせていなかった。その事実を利用しての初歩的な誘導だった。

「では佐々野消防士から、いろいろと注意喚起されてきたでしょう。今回の放火は規模が大きいですし、犠牲者も多い」

「ええ」

「彼は職務熱心な方ですしね。映画館火災のときは、非番にもかかわらず駆けつけていました。なかなかできることじゃありません。見上げたもんだ」

鳥越はにこやかに佐々野消防士を誉《ほ》めあげた。対照的に、元妻の顔がみるみる曇っていく。ニットの胸のあたりを、利き手で揉《も》み絞る。

「どうされました？」

「いえ、ただ……知らなかったもので」

「なにをです？」

「非番なのに駆けつけたなんて、知りませんでした。いまはじめて聞きました……」

語尾が力なく消えていく。

その顔を鳥越は覗きこんだ。

「なにか言いたいことがおありですか？」

「言いたいことというか、あの……」

しばし迷ってから、わたしが言ったとは内緒にしてほしいんですが」

「あのう、これは、わたしが言ったとは内緒にしてほしいんですが」

「もちろんです。情報元はけっして明かしません」

鳥越と四谷が揃《そろ》って請け合うと、元妻はほっと肩の力を抜いた。

「うちの人——いえ、あの人がみずから放火した、という可能性はありませんか？　元夫が、映画館や公民館に……」

「なぜそう思うんです」

「あの人、なりふりかまわないんです」

元妻は叫んだ。

「わたしから息子を取りあげようと、必死なんです。親権を取るために、自分の評判を無理にでも上げようとしているかも」

「ほう。そのお話、くわしくお願いいたします」

鳥越はつづきをうながした。

元妻が息継ぎして、

「あの人ったら、SNSに『どんな手を使ってでもわが子を取りもどす』なんて、匿名で書きこんでるんです。『元妻が悪徳弁護士と結託し、借金がどうだとでっちあげて親権まで奪っていった』なんて——。全部、でたらめです。佐々野は本物のギャンブル依存症でした。あのまま放置していたら、子どもの学費だって使いこまれたでしょう。……なのに」

唇を嚙《か》んだ。

「……過去にあの人は、何度か消火活動で表彰されました。そのたび調子にのって、人が変わっていった。家族をないがしろにして、『おれの仕事は凡人にはできないんだ』『ストレスが溜《た》まる仕事なんだ。休みの日くらい自由にさせろ』と、ストレスを盾に、パチスロに通ってばかり……」

そうしてわたしが強く出られずにいるうちに、借金を作って——。

元妻は、掌《て》で口を覆った。

「一度目は、あの人も反省したふうでした。だから子どものためにも、離婚を思いとどまったんです。でも、間違いだった。あの人はちっとも懲りてなんかいなかった。くだらないゲームに八十万も使って、また借金を……」

「それで、離婚したんですね？」

「ええ。親権も養育権も楽に取れました。あの人は家事にも育児にも、ずっとノータッチでしたから。なのにいざ離婚したら、『おれから子どもを奪う権利は、おまえにはない』なんて言って、急に大騒ぎしはじめたんです」

彼女はかぶりを振った。

「いくら消火活動を頑張ろうが、何度表彰されようが、親権にはなんの関係もありません。

それが現実です。でも、あの人はそうは考えないんです。自分の物差しでしか、ものごとを考えられない人です」

「落ちついてください、佐々野さん」

声を高くする元妻を、鳥越は制した。

「事情はわかりました。こちらでも調べてみましょう。さきほど、彼がSNSで嘘《うそ》を書いているとおっしゃいましたね。佐々野消防士のアカウントは、消防署の公式アカから飛べるこちらですか？」

「いえ。もうひとつ匿名のアカウントがあるんです。お待ちください」

元妻は室内に走り、スマートフォンを持って戻った。

「彼の動向を知るため、わたしも匿名の鍵《かぎ》アカを作ってこっそりフォローしてるんです。ほら、これ。……息子の顔を加工もなしにアップして、下の名前だけとはいえ、実名まで……。許せない」

泣きそうな彼女をなだめ、鳥越は該当アカウントを四谷にブックマークさせた。

2

「元奥さんの言うとおりですね」

四谷は自動販売機にもたれ、スマートフォンから目を上げた。

「IDこそ匿名ですが、こりゃ知人が見れば佐々野消防士だとすぐわかりますよ。というか、わざとわかるようにしてる。息子の顔を加工なしでアイコンとトップ画に設定し、『一目会いたい』『奪われた幸せ』『陰謀』『陥れられた』等々のフレーズを連発しています」

「『一目会いたい』って、会おうと思や会えるだろう。離婚したとはいえ、同じ市内に住んでるんだから」

鳥越は缶コーヒーを二本買い、一本を四谷に渡した。

「元妻の評判を下げたいんでしょうね。子どもを父親から奪った鬼嫁だと思わせたいんですよ。あとはフォロワーへのアピールかな。煽情的《せんじょうてき》なツイートのほうが〝いいね〟をもらいやすいですから」

「いわゆる承認欲求ってやつか」

鳥越は甘ったるいコーヒーを呷《あお》った。

「四谷、しばらくそのアカウントを監視しとけ。三宅美園のアカはどうだ？」

「とくに動きはありませんね。飯の画像と仕事の愚痴ばかりです」

「そうか。じゃあ次は市民病院に寄ってみよう」

屈伸して膝《ひざ》を伸ばし、病院の方角を仰ぐ。

「医者からももうすこし話を、――ん？」

「どうしました」

目をすがめた鳥越の様子に、四谷が腰を浮かせる。

しかし鳥越は答えなかった。視線は、西南の空に吸い寄せられていた。電線よりはるか下に、鴉《からす》が群れ飛んでいる。

「予定変更だ」

空から目を離さぬまま、彼は言った。

「先に歓楽街に寄ろう。どうせ、歩いて十分とかからん。この時刻ならどこも開店前で静かだが、そのぶん巡回しやすいしな」

正午前の歓楽街は当然ながら人気《ひとけ》がなく、閑散としていた。夜はネオンで輝いて見える町も、昼間に見れば白茶けて安っぽいだけだ。二台のタクシーがぎりぎりすれ違える幅の道路を、毛並みのよくない野良猫が欠伸《あくび》まじりに横ぎっていく。

「とくになにもないみたいですよ」

あたりを見まわし、四谷が言った。

「この時刻なら、焼き鳥屋の仕込みすらまだでしょう。聞き込みしようにも、肝心の人がいないんじゃあ……」

「待て」

鳥越は制した。

「煙臭くないか？」

「えっ」

四谷の動きが止まる。同時に、ぎゃあっと濁声《だみごえ》が空気を裂いた。

鴉の鳴き声だ。しかも複数である。ぎゃあぎゃあと悲鳴じみた声で騒いでいる。

ものも言わず、鳥越は走った。

声のする方角へ向かう。遠くはない。入り組んだ細い小路を過ぎ、雑居ビルの角を曲がる。

肥った男が、傘で鴉たちを薙《な》ぎはらっていた。

青いポリバケツから黒煙が立ちのぼっている。抗議のように男の頭上を旋回した鴉が、傘の攻撃をかわしてはまた降りてくる。

「おい！」

鳥越は怒鳴った。

「おまえ、なにをやってる！　放火か！」

男が振りかえった。

目をまるくしたその顔に、見覚えがあった。以前も鴉の巣に石を投げた男だ。『オパール』のキャバ嬢にご執心な御木本昴である。

「鳥越さん、任せて！」

後ろから走ってきた四谷が彼を、追い抜いた。慌てて逃げようとする御木本の腰に、迷わずタックルする。

情けない悲鳴とともに、御木本は倒れた。その手から、傘と着火用ライターが落ちるのを、鳥越は確かに目視した。

「午前十一時三十二分、放火の現行犯で逮捕する！」

御木本を押さえつけ、型どおり時計を見ながら四谷が叫ぶ。

鳥越はポリバケツを蹴《け》り倒し、小火を踏み消した。どうやら御木本は残飯に火をつけ、燃やそうとしたらしい。だが昨夜出たばかりの残飯は湿っており、煙を上げてくすぶるだけだった。

「鳥越さん、こいつ、ガソリン持ってました」

御木本の懐を探った四谷が、ペットボトルを掲げる。オレンジ色の液体が、ボトルに半分ほど入っていた。

「だが放火には使わなかったようだ。残飯にガソリンをぶっかけて火をつけたなら、こんな小火《ぼや》じゃあ済まない。いや違うな。使えなかったのか」

鳥越は片目を細めた。

「ガソリンを使った放火は、爆発的に炎上する。つけ火した本人も無事には逃げられん。さすがにそれくらいは知っていたか。怖気《おじけ》づいたんだな？」

悔しげに、御木本が顔をくしゃっとゆがめる。

鳥越は頭上を仰いだ。御木本を襲っていた十羽近い鴉たちが、電線に整然ととまって逮捕劇を見下ろしている。

——守ろうとしたんだな。

目で鳥越は語りかけた。

——だよな。白茶けていようが安っぽかろうが、この歓楽街はおまえらの城だ。住処《すみか》を守ったんだな。

鳥越は官品の携帯電話を取りだし、捜査本部にかけた。

「こちら敷鑑一班。放火犯を現行犯逮捕《ゲンタイ》した。一連の放火犯かは不明だが、足のサイズは合っていそうだ。パトカー《PC》を一台頼む。住所は……」

まわりを見まわし、鳥越は電柱の町名表示板を読みあげた。四谷にのしかかられた御木本が、低く啜《すす》り泣きはじめた。


御木本を連行するついでに、鳥越たちもいったん帰署した。

現行犯逮捕のいきさつを鍋島係長に報告する。係長はうなずいて、

「ざっとでいい、状況報告書をまとめとけ」

と鳥越の肩を叩《たた》いた。

捜査本部では、正護北署員で編成された庶務班が昼飯を用意していた。

おにぎりは鮭《さけ》と、ひじき入り五目飯の二種類だった。そこに鮭、大根、牛蒡《ごぼう》、葱《ねぎ》をたっぷり入れた熱い石狩汁《いしかりじる》が付く。添えものは市販の沢庵《たくあん》二切れと、なぜかチョコチップクッ

キー二枚だった。

「疲れには糖分がいいそうなので」

とベテラン署員が気遣ってくれたという。ありがたく、かけらひとつ残さずたいらげた。

カフェインの力を借りて報告書を片付けると、時刻は午後二時をまわっていた。

四谷を連れ、鳥越は署を出た。


市民病院ではさしたる収穫はなかった。さて次は、映画館火災で死んだ辰見元校長の知人に当たるか――と考えていると、携帯電話が鳴った。鍋島係長からだ。

「はい、鳥越です」

「トリ、消防士の佐々野が逮捕されたぞ」

「は？」

「野郎、アパートに押しかけて元妻を殴りやがった。通報で駆けつけた警官もついでに殴り、公務執行妨害《コウボウ》でゲンタイだとよ。今夜の留置場はにぎやかになりそうだ」

「それはそれは……」

鳥越は呆れて笑った。通話を切り、四谷に説明する。

「マル佐がですか」

四谷が目をまるくした。

「あいつ、どんどんボロが出ますね。鳥越さんが睨《にら》んだとおりじゃないですか」

「いや」鳥越は考えこんだ。「放火犯は、佐々野じゃなさそうだ」

「え？」

「やつは放火の犯人像にそぐわん。確かにいやな野郎だが、あのアカウントや言動を見る限り、ただの単細胞でしかない。放火されれば憤って駆けつけ、元女房に腹を立てれば殴り、と直情的だ。一連の事件に見合うだけのいやらしさがない」

「ではやはり、御木本ですか」

「どうかな。やつはやつで肝心の度胸がない。残飯ひとつ燃やせん野郎に、放火殺人はできんさ」

鳥越が言いきったとき、ふたたび着信音が鳴った。

今度は自前のスマートフォンだった。電話ではなくＳＭＳだ。発信者を見て、思わず瞠《どう》目《もく》する。

義弟の、伊丹光嗣からであった。

3

歓楽街通りの居酒屋に鳥越が着いたのは、午後九時二十五分のことだ。

すでに着いていた伊丹が、奥のテーブルで片手を上げる。鳥越はネクタイをゆるめ、伊丹の向かいに座った。

「すまん。遅刻した」

「謝らないでください。捜本が立ったんでしょう？　一時間以内の遅刻なら、誤差のうちです」

伊丹は笑って、ジョッキを持ちあげた。

「先にやってました、すみません。なにも頼まずに粘る度胸がなかった」

「当然だ」

鳥越はうなずいてから、店員に「生中《なまちゅう》もうひとつ」と頼んだ。

「水町はどうした。置いてきたのか？」

「今日帰しました。木曜から復帰だと聞いてますが、鳥越さんにいろいろ詰問される彼女を想像したら、気の毒になりましてね。その前にぼくがあなたと直接会って、弁明すべきかと思ったんです」

「失礼な」

伊丹の言葉に、鳥越は苦笑した。

「おれが水町をいじめるわけないだろう。あいつがそう言ったのか？　てっきりおれのファンだと思っていたが、自惚《うぬぼ》れだったか」

「いえ。彼女は正真正銘、鳥越さんのファンですよ」

「じゃあ伊丹くんがおれを信用してないだけか」

「そういうことです」

なにごともなかったように、伊丹と軽口を応酬できるのが不思議だった。

伊丹はある殺人事件にかかわり、警察を辞めた。年に何度か起こる〝内々で葬られた非違事案〟のひとつだ。

けっして心地いい別れかたではなかった。なのにこうして顔を合わせれば、言葉はすんなり喉《のど》を通ってくれる。

——血は繋《つな》がらずとも、お互い兄弟と思っているからか。

「この店ははじめてなんだが、なにが美味《うま》いのかな」

「ぼくもはじめてですよ。今日のおすすめは、あそこに書いてあるようです」

伊丹が壁のホワイトボードを指した。鳥越が見上げると同時に、

「寒鰤《かんぶり》の刺身と、牛すじ煮が美味いですよ」

カウンターから声がかかった。

声のほうを見て、鳥越は驚いた。

〝議員B〟こと南吉春だ。あのうるさい南区長の息子である。カウンター席のど真ん中に〝議員A〟と並んで座っている。

「どうも」と鳥越は頭を下げてから、

「まさか議員さんが、こんな庶民的な店に来られるとは」と言った。

「いやあ、ここには秋月さんとよく来るんです」

吉春が笑う。

三世議員のAは〝秋月〟か。鳥越は内心で復唱した。前回会った日の夜に、名刺で確認はした。しかし覚えた顔に、ようやくこれで血肉がかよった。

「お父さんの代から、贔屓《ひいき》にしてくださってるんですよ」

カウンターの中の板前が、そう言って壁を指さす。

壁には比多門町役場や、正護北区役所の記念写真がいくつか飾られていた。最新の正護北区の式典には南区長。そしてやや古い比多門町の式典写真には、むろん元町長が写りこんでいる。

――そうか。元町長の名は、確か秋月だ。

鳥越は伊丹に目くばせしてから、片手で拝んだ。

――現区長の息子と、元町長の息子が仲良しこよしってわけか。

伊丹がわずかに顎を引く。捜査ですね、どうぞ、の合図だ。

元捜査員だけあって、話が早い。場所がどこであれ関係者に会ってしまえば、プライベートは二の次にせざるを得ない。

「じゃあお二人を信じて、寒鰤《かんぶり》の刺身と牛すじ煮をもらおうかな。すみません。どちらも二人前で」

店員に声をかけ、鳥越は吉春たちに向きなおった。

「火傷《やけど》はもう大丈夫なんですか？」

「まだひりひりします。でも軟膏《なんこう》を塗ってガーゼで覆っていれば、いずれ治るそうですよ。痕《あと》も残らないだろうと言われました」

「それはよかった。奥さんたちもご安心でしょう」

「はは。吉春くんはそうですが、わたしは独身なのでね」

秋月が指輪のない左手を上げる。鳥越は大げさに目を剝《む》いた。

「そんなに男前なのに？　今日一番の驚きです」

表情は演技だが、言葉はなかば以上本心だった。

前回この二人に会ったときは、「揃って歌舞伎《かぶき》役者のような色男だ」と思った。権力者が美人の妻をもらうと、この手ののっぺり美男子が生まれやすいよな、と。

しかしあらためて見ると、タイプが違う。

歌舞伎にたとえるならば、吉春は男役全般を演じる立役で、秋月は女形《おやま》といった風情である。吉春は徐々に父親に似てくるだろうが、秋月のほうはどう歳《とし》をとるか想像がつかない。

「秋月さんほどの男前が独身とは。モテてモテてしょうがないでしょう」

「刑事さんがそれを言います？　そっちこそ、ハリウッドスターみたいなお顔ですよ。はじめて見たときはびっくりしました」

「ありがとうございます。だがこのへんにしておきましょう。いい歳の男が美貌《びぼう》を讃《たた》えあっていたら、あらぬ噂《うわさ》を生みかねない」

運ばれてきた生ビールのジョッキを上げて、

「お疲れさまです。いただきます」

鳥越は殊勝に言い、ぐっと呷った。同時に、目で議員二人の体格をはかる。

腰かけているのでわかりづらいが、脛《すね》の長さからいって、ともに中背だ。身長百七十から七十三センチといったところか。足のサイズも平均的――つまり、二十五・五から二十六センチだろう。

吉春が体を鳥越たちのテーブルに向けたまま、

「ところで」

と切りだした。

「捜査のほうはどうなんです。進んでるんですか？」

「すみません。進捗《しんちょく》については口外できないんです」

「そうでしょうね」吉春はうなずいて、

「進捗も気になりますが、父がご迷惑をかけてないかが不安でして」

と苦笑する。

鳥越はジョッキを置いた。

「ここだけの話ですが、南区長はＩＲ誘致反対派の仕業だと思ってらっしゃるようだ。例の脅迫状のせいですかね。息子さんから見て、区長のご様子はどうです？　やはりだいぶ、気に病んでおられますか？」

「いやあ。ご心配なく」

吉春は手を振った。

「父の性格からいって、〝そうであってほしいから、そう思いこむ〟というか……。どうにも猪突猛進《ちょとつもうしん》な人でして」

「はは。ご家族としては、たまに困ることもありますか」

「まあそうですね。十代の頃《ころ》は、父の出しゃばり精神がいやになることもありました。でもこの歳になれば、有難《な》みがわかってきます」

吉春は日本酒の盃を舐めた。

「どの町にも、一人は必要なんですよ。ああいうお節介な出しゃばりがね。政治家なんてまさしく、他人の世話ばかり引き受けるお節介屋じゃないですか。残念ながら主義主張は親子で分かれましたが、ぼくは父を尊敬してますよ」

「お節介屋かあ」

板前が笑った。

「言い得て妙です。そういや信吉さんが〝選挙、選挙〟と言いだしたのは、消防団が駄目になってからですもん。お節介できる、新たな場が必要だったんだなあ」

「南区長も消防団員だったんですか」と鳥越。

「そりゃもちろん。あの頃の若い男衆は、体がよほど弱くない限り、みーんな団員でした。

ちゃんとした消防署ができたら、自然と縮小しちゃいましたがね。でも信吉さんは、ほんと勇敢ですごかったんですよ。十七で入団したと思いきや、二年足らずで青年組のナンバーツーまでのぼりつめてね」

「ほう。ナンバー……」

ナンバーワンはどなたでした、と鳥越が訊く前に、

「その話はやめましょう」

吉春がさえぎった。

「ぼくも秋月さんも、消防団に入らなかったのがバレてしまう。世が世なら、非国民扱いですよ。はは……」

「南区長はあなたに、入団しろとは言わなかったんですか?」

鳥越は尋ねた。

内心で「また消防団か」と思う。どうやら消防団は、この町の歴史および人間関係にがっちり食いこんでいるようだ。

——『バー・ジャルダン』のママも〝御木本は消防団の肩書で飲みに来ている〟と言っていたっけな。

店員が刺身と牛すじ煮を運んできた。

吉春が「食べてください。美味いですよ」とすすめて、

「確かに大学生までは『消防団、消防団』としつこかったですがね。さすがに卒業する頃

には諦めてもらえました」

　と肩をすくめる。秋月が額を掻いた。

「わたしも吉春くんも、体育会系はいまひとつ苦手なんです。運動神経の問題じゃなく、気風に馴染《なじ》めないというか」

「では秋月元町長も、消防団員でいらした？」

　空気が読めないふりで、鳥越は話題を戻した。

「いえ、父は体が弱かったので……」

　秋月が首を振る。

「祖父もまた、町長でしたからね。消防団とは違ったかたちで町に貢献すべく、父は祖父の地盤を継いだわけです。ほんとうに、この話はもうやめましょう。団員でなかったことは、いまも父のコンプレックスなんです」

　そうまで言われては追及できない。

　鳥越は諦め、話を変えることにした。

「いやいや、町長として立派に当選されたんですから、劣等感を抱く必要なんてありませんよ。そういえばＩＲ誘致について、秋月元町長のご意見はどうなんです？」

「父は中立です。すでに政治から退いて、一介の会社役員ですしね。わたしの立場を慮《おもんぱか》ってか、いまは表舞台に出ることはありません」

「なるほど」

笑顔に見えるよう、鳥越は目を細めた。

言葉の切れ目を狙って、寒鰤の刺身に箸《はし》を付ける。

「こりゃ美味い」

「でしょう？　この時季は最高です」と吉春。

「旬の寒鰤は、なまじな大トロより美味いですよ。都会の寿司屋《すしや》がもったいぶって出す大トロや中トロは、高いばかりで魚の味がしない。あんなの脂のかたまりだ」

――ふむ。こういうところが〝地方《じかた》の政治家〟なんだな。

鳥越は納得した。

「旬の寒鰤は、なまじな中トロより美味い」ここまではうなずけるが、わざわざ都会の寿司屋をくさすあたりが巧妙である。

その証拠に、カウンターの中の板前は鼻高々だ。無表情を装いたいらしいが、はっきり口もとがゆるんでいる。

「うん、牛すじ煮もとろとろで美味い。この味は、家庭じゃなかなか出せません」

鳥越は牛すじと蒟蒻《こんにゃく》を呑《の》みこんでから、

「家庭といえば、吉春さんはいま、奥さんとお子さんとお住まいで？」

と訊いた。

「ええ。そうです」

「知事公舎すら廃止されて久しいですから、もちろんご自宅でしょうね。そういえば映画館火災の晩は、吉春さんも秋月さんも『家で寝ていた』とおっしゃいました。吉春さんは、どなたと一緒に寝ておいでで？」

「もちろん妻とですよ。ぼくはベッド派ですから、シングルを二つ並べて」

「いいですね。だが秋月さんは、独身でおられるから……」

「わたしは実家住まいです」

秋月が即答した。レモン酎《ちゅう》ハイのジョッキを置いて、

「いい歳をしてお恥ずかしい。居心地がいいせいもあって、ついずるずると」

と自嘲《じちょう》する。

「では火災の当時、お宅にはご両親が？」

「はい。父と母が。家政婦さんは夕方には帰ってしまいますから」

「はは、やだなあ、刑事さん」

吉春がそらぞらしい笑い声をあげた。

「この質問、もしかしてぼくらのアリバイ確認だったりします？　ははは」

「あはは、もちろんそうです」

同じくらい芝居がかった笑いで、鳥越も応じる。

さすがに空気が一瞬、ぴりっと張りつめた。

そんな剣呑《けんのん》な雰囲気も知らぬげに、「おーい女将《おかみ》、お勘定——……」と座敷から、間の抜けた声が上がった。

4

居酒屋を出ると、時刻は十一時を過ぎていた。

「結局、ほとんど話せなかったな。聞き込みまがいの会話に延々と付きあわせて、すまなかった」

鳥越が頭を下げると、

「いえ、そんな。ひさしぶりに楽しかったです」

伊丹は真顔で答えた。

「傍《はた》で見ているだけでも、刑事課にいた頃の空気が味わえましたよ。くだんの連続放火は、新聞記事で追っていましたしね。……とはいえ、じつを言うと今夜は、親父の話をするつもりだったんです」

伊丹の吐く息が白い。

冬空は墨を流したような黒一色で、月も星も見えなかった。

「鳥越さんには実の父ですよね。ぼくにとっては、血の繋がらない養父だ。さすがにこの歳になれば、平常心で話せるかと思ったんですが――」

彼は苦笑した。

「やっぱり駄目ですね。お会いしてみて、まだ駄目だとわかりました。次の機会にしましょう。今日は、元気な顔を拝見できただけでよしとします」

「だな。お互いそれで満足しておこう」

鳥越は首肯した。

「ところで、どうする？　二軒目に行くか？」

小路を親指で示す。

「この近くに、隠れ家みたいなゲイバーがある。気の迷いでボトルを入れちまったんだが、どうだ」

「鳥越さんは捜本が立った身でしょう。早く帰って休んだほうがいいのでは？」

「まだ十一時じゃないか。三時間騒いでもまだ午前二時だ。おれはぴちぴちの四十代だからな。三時間も寝りゃ全然動ける」

「本気で言ってそうで怖いな」

笑ってから、伊丹は首を横に振った。

「お誘いはありがたいですが、やめておきます。次にお会いできる日のためにも、今日は英気を養いますよ」

「そうか」

鳥越はあっさりと引いた。もとより無理強いする気はない。

その場で伊丹と別れ、鳥越は細い小路を曲がった。向かった先は、むろん『バー・ジャルダン』であった。

扉を開けた瞬間、熱気と喧騒《けんそう》がどっと顔面に押し寄せた。

「お嬢さまたち、いらしてたんですね」

先日も遭遇したマダムの団体が、すでに席を占領していた。ちょうどよかった、と鳥越はひとりごちた。一人でしんみり飲む気分ではない。馬鹿をやって、ぱーっと騒ぎたかったところだ。

「なんだ。遅いよ、きみぃ」

中でももっとも貫禄あるマダムがいち早く応じる。

手まねきされ、鳥越は上座の彼女の隣に座った。

「すみませんでした。お詫《わ》びにおビールお注《つ》ぎします」

カウンターを見やると、ママが親指を立てていた。今日の着物は、粋な漆黒《しっこく》の大島紬《おおしまつむぎ》である。

「きみぃ、なんでこういうとこ勤めるようになったの？」

貫禄のマダムが小芝居を振ってくる。鳥越は笑顔で応じた。

「お嬢さま。そんな深いとこ、いきなり訊くのはルール違反ですよ」

「かわいい顔して、いける口なんだね？　ん？　童貞ぶってないでもっと飲みなさい」

「やだあ。ぼく、そんな軽い男じゃないのに……」

小一時間盛りあがっていると、ポケットで電話が震えた。

官品の携帯電話である。引き抜いて送信者をちらりと見る。目の端で、マダムがおやという顔をするのがわかった。

「すみません」

小声で告げ、席を立つ。

通話を終えて戻った鳥越は、カウンターに身をのりだし、ママにささやいた。

「――また放火だ。捜本に戻らなきゃならん。勘定は？」

「いいわよそんなの。マダムたちが喜んで払うでしょ」

ママが手を振った。

「いいから早く行きなさい。一分一秒でも早く、放火野郎を捕まえて。……火事なんて大っ嫌い。こっちの古いトラウマまで疼《うず》いちゃうわ」

5

今回放火されたのは、神社の社務所だった。

旧比多門町には神社が四つあるが、そのうちでもっとも古い社《やしろ》である。ただし規模はさほどでもない。鳥居をくぐれば手水舎《ちょうずや》、社務所、本殿があるだけの簡素な造りだ。

さいわい境内に人はいなかった。しかし社務所ならびに本殿は全焼した。

鳥越が駆けつけると、現場は野次馬に囲まれていた。

「氏神さまに火ぃつけるとは、なんとまあ罰当たりな」

「やっぱ、おかしいやつの仕業だな」

「どうかしとるわ」

と、怯《おび》えを含んだ声があちこちから洩れ聞こえる。

境内では機動捜査隊と鑑識が立ち働いていた。消火活動はすでに終わったらしく、消防車も消防士の姿も見えない。

「四谷」

イエローテープの向こうに、鳥越は相棒の顔を見つけた。常備の手袋を着けながら、テープをくぐる。

「鳥越さん。酒くさいですよ」

「すまん、美女が放してくれなかったんだ。ところで、やはりマル佐の犯行じゃあなかったな」

「マル御木でもありませんでしたね。それがはっきりしただけでも、一歩前進と思うしかないです」

佐々野も御木本も一晩の留置が決まっており、身柄はまだ正護北署内である。今夜の放火は、どう考えても不可能だ。

「それから、あれ」

鳥居の斜め向かいで煌々《こうこう》と光る看板を、四谷が指さした。

「コンビニです。野郎の逃走経路はまだ不明ですが、今回は防カメに映った可能性が見込めます」

「いままでは防カメ付近を避ける様子だったがな。慣れのせいか、杜撰《ずさん》になってきたようだ。そろそろ尻尾《しっぽ》を出すかな」

そううなずいたとき、

「鳥越部長」

顔見知りの交番員が走ってきた。

「神主から話を聞きました。火災時に社務所は無人でしたが、それはたまたまだったようです。本来なら、三人ほどが泊まる予定だったそうでして」

「なに？」

「このところ、御朱印帳だなんだと、ちょっとした神社ブームが起こっているでしょう。某旅行社が立ちあげた『社務所に泊まろう』という企画に、ここの神社も参加してるんだそうです。今夜は女子大生三名の予約が入っていました。しかし急病で、昨日の昼間にキャンセルの電話があったとかで」

「女子大生は命びろいしたってわけか」

「女子大生も市も、両方ですよ。もし旅行者を放火で死なせていたら、正護市全体が大打撃を食らうところでした」

野次馬の後方に、新たな捜査車両が停《と》まるのが見えた。

後部座席から、いかつい影が二つ降りてくる。捜査一課鍋島係長、ならびに正護北署宍戸捜査課長だ。

「トリ！ なにかあったか」

鍋島係長に呼ばれた鳥越は、手短に二人に報告した。

「社務所に泊まる企画ねぇ。ということは放火犯は、そいつを事前に知っていた可能性もあるな？」

「ええ。知れる立場にいた者を、リストアップする必要がありますね」

鳥越は肯定してから、

「しかし、公民館に老舗の映画館に、町で一番古い神社か。——ようやく、火つけ野郎の目的が見えてきた気がしますよ」

と言った。


四谷の予想どおり、コンビニエンスストアの防犯カメラは連続放火犯の姿をとらえていた。

中肉中背の男だった。年のころは二十代後半から四十代前半。鳥居の高さから割りだした体格は、百六十九センチから百七十二センチ、六十五キロ前後。

服装は黒ないしは濃紺のニットキャップ。同色のダウンコート。白っぽい綿のパンツにスニーカーである。マスクはしていない。

すっぽりとキャップをかぶっていたため髪型は不明だが、おそらく短髪だろう。歩くとき、わずかに右足を引きずる癖があるようだ。

捜査会議は予定どおり、朝の九時に講堂ではじまった。

防犯カメラの一時停止画像がプリントアウトされ、ホワイトボードの真ん中に張りだされている。

「この画像を一般公開してはどうです？」

「いや、まだ時期尚早でしょう」

「なに言ってるんだ。もう七人も殺されてるんだぞ」

何人かの捜査員から声が上がる。

だが主任官の鶴《つる》の一声で、今回は〝時期尚早派〟に軍配が上がった。公開派が、いかにも渋しぶといった顔で黙る。

鳥越はといえば、長机に肘《ひじ》を突いて内頬《うちほお》を嚙《か》んでいた。

——これで御木本、佐々野、三宅美園の全員がシロになったか。

くそ面白くもない、と内心で舌打ちする。

取調べの結果、誘致反対派に脅迫電話やダイレクトメッセージを送っていたのは御木本だったと判明した。

だが賛成派への脅迫状の主は不明のままだ。

さらに肝心の放火の捜査も、ふりだしに戻ってしまった。

——ついでに吉春と秋月が、無関係なことも確定しちまったな。

防犯カメラの男は彼らに似ても似つかなかった。昨夜再会してみて、妙に臭う議員たちだと思った。しかし見込み違いだったようだ。どうも今回は調子がよくない。勘が鈍っている、と認めざるを得ない。

「えー、次に、科捜研からの報告です」

司会の強行犯係長が言った。

第一の報告は、四谷の手から科捜研にまわされた土の分析結果であった。鳥越自身がフリーザーバッグに入れ、四谷に押しつけたものだ。

「生科班が分析したところ、『銀映座』の焼け跡から採取できた泥と、成分および含有される微生物等が一致したそうです」

ごく事務的に、さらりと司会は告げた。

司会によればくだんの土地には、もともと小学校が建っていたそうだ。しかしいまから三十年前に火事で全焼し、移転した。鳥越が「廃城の土台か？」と考えた石垣の上に、昔は校舎がそびえていたらしい。

——比多門第一小学校。

同名の小学校は現在もあるものの、むろん町立ではなくなった。正式名称は『正護市立比多門第一小学校』だったという。

またこの小学校では、銀映座火災の犠牲者である辰見敏江が、かつて校長をつとめていた。

「以上の分析結果を踏まえ、第一小《イッショー》の跡地が犯人の生活圏内にある可能性を考慮し、今後の捜査を進めます。また公民館、映画館、神社など、放火のターゲットは〝旧比多門町の伝統〟を担う箇所に集中しているようです。動機はまだ不明ですが、かねてより議題に上がっていますＩＲ誘致の問題と考えあわせ……」

司会の声が途切れた。

廊下が急に騒がしくなったせいだ。誰かが署員を怒鳴っている。その声が足音とともに近づいてくる。

署員の諫《いさ》めるような声を無視し、怒鳴り声の主が講堂の扉を開けた。

「どういうことだ！」

南信吉区長だった。

「警察はなにをしとるんだ。おまえらがのろくさやっとるせいで、町の氏神さままで燃やされちまったでねえか！」

「いや区長、ちょっと」

宍戸捜査課長が立ちあがり、彼を制した。しかし区長は額に青すじを立て、

「ちょっとじゃねえ！」

とつばを飛ばした。

「おれは何度も言っただろうが、こいつは誘致反対派の仕業だと！　自作自演に失敗して、リーダーの辰見敏江を殺しちまったもんだから、やつらは自棄《やけ》になっとるんだ。やぶれか

ぶれで、見さかいがなくなっとる！　いいか、まずは辰見敏江の甥《おい》っ子から、署に引っぱって——」

　突然、区長は声を呑んだ。

　目を剝いている。言葉を失っている。

　ごく自然に、鳥越は区長の視線を追った。

　視線の先にはホワイトボードがあった。正確には、ボードに張りだされた紙があった。防犯カメラ映像の一時停止画像を拡大し、プリントアウトしたA3用紙だ。

　区長は呻《うめ》くように言った。

「……い、一平……」

　その顔は血の気をなくし、真っ白だった。

　きびすを返す。さっきまでの怒声が嘘のように、区長が足早に講堂を出ていく。みるみる足音が遠ざかる。

　——一平？

　確かにそう聞こえた。

　雛壇《ひなだん》の幹部を含む捜査員たちの顔を、鳥越はうかがった。

　ほとんどの捜査員がぽかんとしている。だがベテランの署員数名と、強行犯係長は目くばせし合っていた。あきらかに、含むところのある顔つきだ。

　鳥越はホワイトボードに視線を戻した。

粗い粒子でA3用紙に焼きついた男の顔を、彼は脳裏に刻みつけた。

6

その日の午後六時、開店準備中の『バー・ジャルダン』を鳥越は急襲した。

「ちょっとぉ、早漏ね。まだ店開けてないわよ?」

「知ってる。だから来たんだ」

抗議するママを制し、鳥越はカウンターのストゥールに腰かけた。

ママは衣装持ちらしく、今日はシックな鮫柄《さめがら》の江戸小紋である。不服そうな顔を隠さないママに、

「今日は、訊きたいことがあって来た」

鳥越は言った。

「訊きたいこと? なによ。訊いたらすぐ帰ってくれる?」

「ママがすんなりしゃべってくれるならな。あんた、この町の生まれだろう?」

そう言って顔を覗きこむ。

「以前に『あたしが子どもの頃は、消防署が遠くにしかなかった。比多門消防団といやぁ、たいしたもんだった』と言っていた。おまけに記憶力もよさそうだ。町で起こったここ五十年間のことは、たいがい知っているよな?」

「五十年間ってなによ。あんた、あたしをいくつだと思ってんの」

「五十三、四ってとこかな」

「……鋭いからムカつくわ。そうよ、五十四よ、悪い？」

ひらきなおるようにママは言った。

「まったく悪かない。四十五年前のことを教えてほしい」

「また、えらい昔ね」

ママは眉根を寄せ、

「なにか飲む？」と鳥越に訊いた。

「職務中なんで、水をくれ。四十五年前ならママは九歳だろう。九歳といやあ小三か小四だ。でかい出来事なら、充分覚えていられる歳だ」

「勝手に決めこまないでちょうだい。……えーと、四十五年前？　ちょっと待ってよ、暗算するから」

冷蔵庫からミネラルウォーターの瓶を抜いて、ママが考えこむ。

「でも、なんで四十五年前なわけ？」

「先日、消防団の団長に会ってきた。〝隆盛〟の単語が出たとき、団長がちらっと目を向けた写真が四十五年前のものだったのさ。そして比多門消防署の設立は、四十二年前だった。この三年のタイムラグがどうも気になってな」

「ほんっとあんた、顔以外はイラつく男ね」

ミネラルウォーターを注いだグラスを、ママはどんとカウンターに置いた。

「水道水でよかったのに」

「うるさいわね。黙って飲みなさい」

「売り上げに貢献してやったのに、冷たいな」

「ええ。おかげであんたが県警に帰ったあとのこと考えると、いまから頭が痛いわよ。あんたが学生時代にバイトした店ってのも、きっとあんたが辞めたあと大変な思いしたはずよ。いっときだけいい思いさせるってのも、残酷なもんなの」

「なるほど。勉強になる」

鳥越はうなずいてから、

「ママが思いだせないようだから、検索ワードを足そう。〝四十五年前〟そして〝一平〟。これならどうだ？　なにか思いださないか？」

無表情を保っていたママの片眉が、ぴくりと動いた。

「心当たりがあるようだ」

「……あんまりこの話、言いたくないのよね」

「なぜだ。彼の名を出すと、南区長に睨まれるからか？」

「だーから、そういうとこがイラつくって言ってんの。わかってんなら、いちいち言うな！」

鳥越が先日入れたボトルを、ママは棚から抜いた。

ストゥールを引き寄せ、カウンターを挟んで鳥越の向かいに座る。ミネラルウォーターの残りと、鳥越のボトルで手早く水割りを作った。

「飲むのか」

「しらふじゃ話したくないのよ」

ママは吐き捨てるように言った。

「南区長のこともそうだけど、あたし個人としてもアレなの。……ほら、ゆうべあたし言ったじゃない？　火事に古いトラウマがあるって。あーもう、やだわ。この話、ほんっとやだ」

「四十五年前に火事があったのか？　それがママのトラウマなのか」

「ううん」

鳥越の問いに、ママは首を振った。

「四十五年前のアレもひどかったけど、あたしのトラウマは二十五年前よ。あたしの初恋の人がね、焼け死んだの。彼の家が、真夜中に火事になって……。あたしの実家が近所にあってさあ、たまたまその日は、母の顔を見に帰ってたのよ。夜中に燃え落ちていく彼の家を、なすすべもなく眺めるしかなかった」

「その初恋の相手が、一平か」

「違うわ。一平さんのパパ」

ママは水割りを呷った。

「あたしがほんの子どもの頃、パパさんは比多門消防団の英雄だったの。まわりのお姉さんたちは、みんな一平さんのファンだった。でもあたしは断然パパ派だったわ。その頃から年上好きで、おませさんだったのよね。

母子家庭で、父性に飢えてたせいもあるかしら。当時はゲイをまわりにカミングアウトできる時代じゃなかったし、こっそり胸を焦がしたもんよ。パパさんが団も仕事も引退して、実家の近くに引っ越してきたときは、すっごい嬉《うれ》しかった……」

「パパさんはなんで死んだんだ？　放火だったのか」

「そうよ」

ママは首肯して、

「一平さんに放火されて、死んだの」

と言った。

「一平さんはね、あの夜、父親の家に火をはなって、そのまま行方をくらました。いまごろは、どこでどうしてるんでしょうね。生きていれば六十七歳になるはずだけど、六十代のあの人なんて想像つかないわ」

「いったん整理させてくれ。つまりパパさんは、実の息子に焼き殺されたってわけか」

「ええ。家は全焼だった。まわりの四軒も半焼するほどの大火事よ」

「火つけの動機はなんだったんだ。仲の悪い父子《おやこ》だったのか。金か？」

「金なんかの単純なことなら、もっとマシだったでしょうね」

ママは頬をゆがめた。

「あんた、『アマデウス』って映画、観《み》たことある？」

「いや、ないな」

鳥越は首を振った。

「名作よ。今度観てみなさい。サリエリっていう秀才音楽家が、天才音楽家のモーツァルトに出会って絶望する話よ。天才を目のあたりにして『自分はそこそこできるだけの凡人に過ぎなかった』と思い知らされる悲劇が、いやっていうほど長々と描かれてる映画なの」

ママは水割りの残りを二口で飲みほした。

「はじめてあの映画を観たとき思ったわ。ああこれ、一平さん父子《おやこ》のことだ、って。パパさんがモーツァルトで、一平さんがサリエリね。でも言っとくけど、一平さんだってすごい消防団員だったのよ？　けどパパさんとは、格が違った。その格の違いを、自覚していたからこその悲劇だったわね」

新たな水割りを作るママに、鳥越は問うた。

「四十五年前、一平はなにをしたんだ？」

「したというか、されたのよ」

密告をね――。ママは言った。

「密告？」

「そう。団の活動をするうち、どうしても父にかなわないと知った一平さんは、ズルをするようになってたの。自分で放火し、いの一番に発見したふりをし、最前線で消火する——というズルを」

「そりゃあズルだ。モーツァルトの父親が、それに気づいて密告したんだな？」

「いいえ。密告したのは一平さんの弟」

「弟までいたのか」

　鳥越は眉をひそめた。「ややこしいな」

「そう、二重の悲劇でややこしいの。残念ながら、この弟はサリエリにすらなれない器だった。町のスターである父と、兄の日陰で育ったらしいわ。この弟が兄のマッチポンプについて密告し、兄をヒーローの座から引きずり落としたあと、焼身自殺した。それが、四十五年前の顚末《てんまつ》よ」

「焼身自殺……」

「ええ。自宅の庭で灯油をかぶってね。遺書に『兄貴、ごめん』とあったらしいから、密告した罪悪感に耐えられなかったんでしょう」

　ママは二杯目の水割りに口をつけた。

「一平さんのお母さんは、心労がたたって二年後に亡くなった。パパさんは社長の座を退いて、山際の別宅に引っ越した。その別宅が、うちの実家の町内だったわけ。近くに来てもらえて嬉しかったけど、子どもながらに複雑だったわ」

「ちょっと待て。肝心の一平はどうなった」

鳥越は問うた。

「どうって、会社を継いだわよ」ママが答える。

「つまり親父の会社を継いで、そのまま町に住みつづけた？　すげえな。針のむしろだったろうに」

「でしょうね。噂《うわさ》だけど、パパさんが逃げることを許さなかったらしいわ。『これからの一生で償っていけ』と、一平さんに厳命したそうよ」

「残酷だな」

「ええ。パパさん派のあたしでもそう思う。けど英雄って、そういうもんよ。凡人の気持ちなんてわかんないのよ。強者には、弱者がなぜ弱いのか理解できない。親子であっても――いえ、親子だからこそ、かしら。悲しいわね」

「今日のママの言葉には、いちいち含蓄があるな」

鳥越はうなずいて、

「確かに悲劇だ。一平はコンプレックスと恨みつらみを実父につのらせ、やがて放火にいたった、ってわけか」

と言った。

「たぶんね。でもほんとのところは、一平さんにしかわからない。彼に対するまわりの目は冷たくて、理解者もいなかったしね。小学校の火事まで、一平さんのせいにされたくらいだったのよ」

「小学校？　ああ、第一小学校の火災か」

「そう。あれは、ええと……いまから三十年前ね。あたしはもう大人だったけどさ、『銀映座』で亡くなった辰見先生が、当時第一小《イッショー》に赴任してたから覚えてるの。あたしも、辰見先生の教え子の一人だからね」

「いい先生だったのか」

「すっごく。『小学校の火つけは一平の仕業だ』なんて心ない噂を、辰見先生はかたっぱしから否定してまわってた。正義感の強い人だったのよ。あの頃のイッショーには一平さんの息子も通ってたから、そのせいでこじつけられたみたい。南区長の取り巻きが広めたって噂もあったわね。区長は、一平さんが嫌いだったから」

「そのようだな」

　鳥越はうなずいた。

「二人の間には、どういう因縁があるんだ？」

「因縁っていうか、一平さんが消防団のヒーローだったとき、南区長はずっと二番手だったのよ。ずっと一平さんの腰ぎんちゃくだった区長は、ヒーローが失脚した途端、頭角をあらわしていった。それどころか一平さんが凋落《ちょうらく》するほど、いきいきと一家にいやがらせしてたわ。消防団じゃ仲良くホモソやってたけど、ほんとのとこは目の上のたんこぶだったんでしょ」

「そのいやがらせってのは、一平が失脚したあともか？」

「そうよ。とことんまで叩きつぶしたい、って感じだった。利害関係がどうとかじゃなく、純粋に嫌いだったんじゃない？　普通はどうしても相容《あいい》れない人って、無視して避けるけどさ。あの区長はそういうタイプじゃないもん」

「それはわかる。気に食わないものには積極的に突っかかっていく男だな」

納得してから、鳥越は尋ねた。

「一平の失踪後、彼の妻子はどうした？」

「さすがに引っ越していったわ。当然よね」

「当時、息子はいくつだった？」

「小六だったと思う。卒業目前だった、ってみんな言ってたから」

「妻子のその後の行方は？」

「知らないわ。息子さんは母方の親戚の養子になって、ゲンの悪い苗字《みようじ》を変えたって噂だけど、どこまでほんとかはさっぱり」

「そうか」と首を縦にしてから、

――あの防カメに映ったのは、一平の息子ではないのか？

鳥越は考えた。

一平は現在、六十七歳。防カメ画像の男はどう見てもそんな歳ではなかった。一平本人ではあり得ないが、息子のほうなら年代が一致する。

だがそうとは口に出さず、彼は別の質問をした。

「一平の会社はどうなったんだ?」

「当然つぶれたわよ。えーとね、ちょっと待って」

ママが身をかがめ、カウンターの下をごそごそと探った。

「あったあった。ほら、これ」

そう言って鳥越に放《ほう》ってきたのは、メモ帳だった。アルファベットの〝S〟を月桂樹《げっけいじゅ》で縁どったマークとともに、『篠井印刷株式会社』の社名が入っている。

「いっぱいもらったから、記念にまだ持ってるの。健気《けなげ》でしょ? パパさんが興して、一平さんが継いだ会社がそれよ。二代目になってから規模を縮小したけど、それなりに手堅い顧客がついてたわ」

「これはシノイと読むのか? それともササイ?」

「シノイよ」

鳥越の脳裏に、『オパール』のキャバ嬢から聞いた言葉がよみがえった。

――子どもの頃にさんざん脅されたの。「いい子にしてないと、シナイがお部屋を燃やしに来るよぉー」なんて。

――シナイだかシネイだか忘れたけどさ、そういう妖怪が来るんだって。

あれは、篠井一家のことではないか。

この二十五年間で、篠井一家の存在がゆがんだかたちで伝説化していったことは想像に難くない。

話をざっと聞いた限りでも、異様な一家だ。

父は消防団の英雄で、火を恐れない男。次男は焼身自殺。長男はつけ火でヒーローになろうとしたあげく、実父の家に火をはなって失踪《しっそう》している。

火に魅入《みい》られた家、としか言いようがなかった。

放火のターゲットは公民館、映画館、神社など〝旧比多門町の伝統〟を担う箇所に集中している。

捜査本部はこれを「IR誘致のため、正護北区を〝守るべきもののなくなった町、伝統の消えた町〟にしたい一派の犯行ではないか」と見なしつつある。

狂った理屈だ。だがそもそも、まともにものを考える人間は犯罪になど走らない。地上げや借地権詐欺にまつわる異常なエピソードを、それこそ警察は数えきれないほど見聞きしてきた。それを考えれば、むしろこの動機は筋が通っているほうだ。

——とはいえ、それだけではない気もしていた。

鳥越はミネラルウォーターで唇を湿した。

——この連続放火は、町そのものに恨みを持つ人間の仕業ではないか。そんな疑いはずっと頭のどこかにあった。

「ママ、このメモ一枚もらっていいか」

「いいけどさ。ごっそり持ってかないでよ」

「大丈夫、一枚だけだ」

鳥越はメモ帳から一枚ちぎり、警察手帳に挟んでポケットにしまいなおした。

「長々と居座ってすまなかった。じゃあな」

返事は待たず、席を立つ。

重い扉を開けて外へ出ると、雪がちらつきはじめていた。灰いろの空から、あえかな綿雪が落ちてくる。

白い息を吐きながら、鳥越は捜査本部へ戻るべく足を速めた。

＊　＊

み　@Mii_mi6666　12月6日
ニュースで公民館の火事を報じている。一人死んだらしい。最悪だ。なぜ。扉の鎖に鍵はかけなかったのに。
これで殺人犯だ。
死刑になるだろうか。一日じゅう水しか飲んでいないのに、全部吐いてしまった。

み

@Mii_mi666 12月6日
逃げるしかない。でも、どこへ？ 行き場所なんてない。思えば逃げてばかりの人生だった。母さんに申しわけない。産んでもらったのに、ごめんなさい。

み

@Mii_mi666 12月6日
夜逃げして着の身着のまま逃げるしかないのか。でも勇気が出ない。ふんぎりがつかない。日雇いの肉体労働でもすれば生きていけるか？ 二十代ならまだしも、この歳でやりなおせるだろうか。

み

@Mii_mi666 12月6日
吐き気がひどくて食欲がないのに、酒なら飲める気がしてコンビニに行った。そしたら同僚と出くわしてしまった。おれは馬鹿だ。しかも「小田崎《おださき》さん」と呼ばれても、しばらく自分のことだと気づけなかった。この苗字になってずいぶん経つのに、まだ慣れない。自分の頭の悪さに、反吐《へど》が出る。

み

@Mii_mi666 12月7日
頭が痛い。割れるようだ。

度数12パーのロング缶を五本飲んで、気絶するように眠ったせいだ。いや、たぶん実際に失神していた。もともと酒はそんなに強くない。
道は二つしかない気がする。自殺するか、逃げるかだ。わかっているのに決断できない。

み　@Mii_mi6666　12月7日
会社を休んだ。無断欠勤だ。
怖くてアパートから出られない。一歩でも出たら、逮捕される気がする。でもこうして家にいても、警察が訪ねてくる気がする。
怖くてたまらない

み　@Mii_mi6666　12月7日
現実逃避したくて、ロング缶を飲みながらずっとネットしていた。
酔った勢いで鍵をはずし、何回かSNSで糞リプを飛ばしてしまった。反省。いくら自暴自棄になっても、目立つ真似《まね》はよくない。
目立たない、他人に記憶に残るようなことはしない。子どものときから、そう心がけてきたのに。

み @Mii_mi6666　12月7日
また届いた。もういやだ

み @Mii_mi6666　12月7日
（本文なし）
（添付画像：〝燃やしてみろ〟と書かれた浅葱《あさぎ》いろの便箋《びんせん》。下部にアルファベットの〝S〟を月桂樹で縁どったマークあり）

み @Mii_mi6666　12月8日
会社を休んだ。いまごろ係長は怒り狂っているだろう。このまま辞めるしかあるまい。
通帳の残高を確認したら、七万二千四百三十三円しかなかった。全額おろして逃げたとしても、早々に野垂れ死ぬしかない。

み @Mii_mi6666　12月8日
ごめんなさい。ごめんなさい。ごめんなさい。ごめんなさい。

み @Mii_mi6666　12月8日

映画館の火事で六人死んだそうだ
おれはきっと地獄へ行く

み 🔑 @Mii_mi6666　12月8日
死ぬ勇気もないのに、一日かけて遺書を書いた。
こんなおれが、苦しまずに死にたいと思うのは贅沢《ぜいたく》だろうか。

第五章

1

一夜明けて、南信吉区長は精神的ショックから立ちなおったらしい。

同時に調子も取りもどしたようで、捜査本部に怒鳴りこんできたときは、いままでの主張を一転させていた。

「連続放火は篠井一平の仕業だ。やつが戻ってきやがった。ぼやぼやしとらんで、あいつをさっさと捕まえろ！」

何度も繰りかえして帰らない彼を、宍戸捜査課長が必死になだめる。

「まだ捜査は続行中ですから。防カメの映像だけで、早々に結論に飛びつくのは危険です。ここはどうぞ、われわれにお任せください」

「任せておけないからおれが出張ってきたんだ。だいたいおまえらは、頭数ばかり揃《そろ》えて……」

見かねた強行犯係長が割って入る。

「区長。落ちついてください。篠井一平は現在六十代ですよ。防カメに映った人物とは風体が合致しません」

傍《はた》で見ていた鳥越は、おやと思った。

正護北署の強行犯係長は篠井一平を知っているらしい。ということは旧比多門町の生まれ育ちか。

「じゃあ息子だ！」

南区長がつばを飛ばして喚《わめ》いた。

「やつは息子を手下に使っとるんだ。親子で、この町を燃やし尽くす肚《はら》づもりだ」

「区長……」

「あいつら一家は火に呪《のろ》われてる。いや、火に取り憑《つ》かれとるんだ。理屈の通じる相手じゃない。さっさと証拠を固めて、とっ捕まえろ。くそ、四十五年前に、やつをお縄にさせなかったのが間違いだった」

南区長はそこで言葉を切った。

「なにを見ていやがる！」

まわりの視線に気づいたか、区長が吠《ほ》えた。

眼球が血走っている。かなり興奮しているらしく、呼吸がふうふうと荒い。ぎょろりと目を剝《む》き、反対に署員たちを睨《にら》みかえす。

大半の署員が慌てて目をそらした。

鳥越もそのうちの一人だった。怖いからではない。面倒だからだ。

しかしなぜか区長は、署員をかき分けるようにして、大股《おおまた》で鳥越に歩み寄ってきた。

「なにを見てやがると訊《き》いてるんだ！」

——ああ、面倒くせえな。

鳥越は内心で舌打ちした。

一目で嫌われたのはわかっていたが、まさかここまでとは思わなかった。ここは早々に謝ってしまおうと、深く頭を下げる。

「申しわけございません。本職、このところの疲労がたたってか、区長どのに誤解を与えてしまったようです。心より謝罪いたしま……」

「私情か？」

下げた頭に、区長の舌打ちが降ってきた。

「その見た目でわかる。×××のおまえも、どうせ差別されてきたんだろう」

思わず鳥越は顔を上げた。

「は……」

「だがおれたちはな、理由なくやつらを村八分にしてきたわけじゃないぞ。もとはといえば一平のやつが、ちやほやされたいばかりに火つけしたせいだ。やつは自分の評判を自分で下げた。自業自得だ。差別は差別でも、けっして理不尽な差別じゃあなかった。差別じゃなく区別ってやつだ」

一方的にまくしたててから、区長は鳥越を睨《ね》めあげた。

「なんだ、その目は」

　鳥越は答えなかった。

　これは、なにを言っても無駄だ。区長は鳥越をストレス解消の標的に決めこんだらしい。気の済むまで怒鳴りちらし、八つ当たりしていく肚《はら》だ。

「おれをたかが区長と見て、ナメてやがるのか。県警の刑事ならおれには馘首《くび》にできんと、甘く見てるのか！」

「いえ、そんな」

「県警がなんだ。おれはな、県知事とも懇意なんだぞ。休日には一緒にゴルフコースをまわる仲だ。おれがひとこと言やあ、おまえの首なんぞいつだって飛ばせるんだ！　まともな日本人でもないくせに、公務員に潜りこみおって！　公安の馬鹿どもは、なにをしてるんだ！」

　掌《てのひら》で、肩を力まかせに突かれた。

　よろめきはしなかったが、さすがに怒りを感じた。胃のあたりがざわりと波立つ。

　だが区長の肩越しに、鍋島係長の顔が見えた。

　鍋島の顔は蒼白《そうはく》だった。怒りに引き攣《つ》っていた。当人の鳥越よりよほど憤っていた。その形相に、鳥越の怒りは一瞬ですうっと引いた。

　――おれがここで怒ったら、鍋島班全体に迷惑がかかる。

　それだけは避けねばならなかった。

班に累が及べば、今後の捜査の進捗《しんちょく》にかかわる。自分一人の問題ではない。己にそう言い聞かせ、鳥越はその後の約三十分を、平身低頭してひたすらに耐えた。


「災難でしたね」

四谷がそう鳥越を慰めた。

場所は正護北署一階、自動販売機の横のベンチだ。ねぎらいの気持ちをこめ、四谷がコーヒーを奢《おご》ってくれたのだ。

「あんなのハラスメントもいいとこですよ。いまどき警察ですらパワハラ、セクハラには厳しいご時世だってのに。もしかしたら地方の政治家って、この世で一番アップデートしない人種なんじゃないすか？」

「確かに意識高い系の市議や町議は、滅多《めった》に見かけないな」

鳥越は同意してから、

「……なあ、区長の自宅を知ってるか？」

窓の外を見ながら問うた。

「ちょっと鳥越さん、なに考えてるんです」

焦った顔で、四谷が彼を押しとどめる。

「いくらなんでもそれはまずいですよ。確かに南区長はゲスいし、いやなやつですけど、一応おれらは警察官なんすから。とくに非違事案を起こしての退職は、再就職先が見つかりづらいし……」

言いつのる四谷の早口を、鳥越は聞き流した。

さきほどの質問は、四谷に向けたものではない。

窓の外のハシブトガラスに向けた問いであった。

この十年の間に、県内の市区長公舎はほぼすべて廃止された。つまり南区長も自宅に住んでいるはずだ。

——むろん、自宅に直接カチ込む気はない。

鳥越は真っ向から逆襲するタイプではない。それに公務員の座を賭《か》けるほど、南区長にやりかえしたいわけでもない。うるさい口を閉じてほしいだけだ。

——となれば身辺を探って、弱みでも摑《つか》むのが一番だろう。

ハシブトガラスが電線から飛びたつのを見送り、鳥越は「わかったわかった」と、まだくどくど言いたてる四谷を振りかえった。

「わかった、なにもしない。しないから、おまえも早くコーヒーを飲め。せっかく買ったのに冷めちまう」

「ほんとにしませんか?」

「しないって。おれのこの美しい瞳《ひとみ》を見ろ。これほど澄んだまっすぐな目をした男が、嘘《うそ》をつくと……」

思うか、と言いかけた言葉は着信音で消された。

鳥越は携帯電話を耳に当てた。

「はい。こちら敷鑑一班」

「トリ！　おまえ、まだ署内にいるか？」

鍋島係長だった。

「一階にいます。なにかありましたか？」

「第一小学校の跡地から、古い遺体が見つかった。現在は鑑識班が向かっている。第一臨場した交番員によれば、遺体はミイラ化しており、ある程度の顔貌《がんぼう》が視認できるようだ。その顔貌ってのが――」

鍋島はすこし言いよどんだのち、

「どうも、二十五年前に失踪《しっそう》した篠井一平とおぼしい。むろん正式な確認作業はこれからだが、もしこの遺体が篠井一平ならば――、やつは、どこにも行っちゃいなかったことになる」

と声を落とした。

2

くだんの遺体は、七十年以上前に掘られた防空壕《ぼうくうごう》で発見された。

鳥越が「廃城でも建っていたのか」と疑った小学校跡地の石垣は、その昔、防空壕の入り口を兼ねていたという。

防空壕への扉は、石垣の裏手にあった。一メートルほどのごく低い扉だ。身をかがめてくぐると階段があり、下った先が防空壕になっている。

遺体は両足を階段にのせ、頭部を床に付けた、逆さの姿勢でミイラ化していた。

また頭蓋骨《ずがいこつ》の右頭頂部には、大きなひびが見られた。床には缶詰やジュース、スナック菓子等を詰めたリュックサックが転がっていた。

どうやら階段を下ろうとして転落したらしい。推定される死因は、頭蓋骨骨折をともなう脳挫傷《のうざしょう》であった。

「父親の家に放火したあと、しばらくここで身を隠すつもりだったんだな。食料持参で防空壕にたどり着いたはいいが、階段を踏みはずして真っさかさま——ってわけか。扉を閉ざせば壕内は真っ暗だ。無理もない」

身元確認のため、ミイラ化した遺体はＤＮＡ型鑑定されることになった。

調査の結果、一平の叔父が旧八賀市の特養老人ホームに入所していた。この叔父から採取したＤＮＡ型と照合し、三親等の関係であると証明されれば、同時に篠井一平の遺体であると断定できる。

「鑑定結果が出るのはまだ先ですが、ここだけの話、遺体は篠井一平で九割がた間違いないでしょう」

正護北署の強行犯係長ならびに数人の署員は、そう言いきった。

宝田主任官が顎《あご》を撫《な》でる。

「ではこれで、南区長が主張するところの『篠井一平犯行説』は崩れたな。あとは一平の息子の存在も洗わにゃならん。それはそうと、なぜもっと早く篠井一家の名が浮上しなかったんだ？」

「もう二十五年も前に失踪《しっそう》した男ですし、このところ旧比多門町が、ＩＲ誘致問題で荒れていたのは確かですから……」

強行犯係長が歯切れ悪く答える。

いや、それだけではあるまい――。鳥越は思った。

篠井一家は旧比多門町民にとって〝町の汚点〟だったのだ。はっきりと口に出すのをはばかられる存在だった。だからこそ、子どもを諌《いさ》めるための妖怪《ようかい》じみた存在にまでゆがめられた。

「二十五年前、篠井の息子はいくつだったんだ。小学六年生？　もし犯人だとしたら、夜逃げ同然に町を追われたことを恨んでの犯行か」

宝田主任官が言う。

「まあひとまず、追ってみるしかないな。やつがもしピロマニアなら、間違いなく逮捕歴か前科《マエ》があるはずだ」

「了解です」

捜査課長がうなずくのを合図に、各捜査員たちがざっと散る。

鳥越は四谷を呼び寄せて、

「さしあたっては、篠井の息子がおれたちのマル対だ。やつは第一小学校の生徒だった。当時の担任教師を探して話を聞くぞ」

と歩きだした。

正護市立比多門第一小学校は、閑静な住宅街のただ中にそびえ立っていた。校舎は四階建てで、クリームと煉瓦《れんが》いろのツートンカラー。野球のナイター設備まで整った校庭は、高いネットで囲われている。

ネットの向こうに、白い体操服の生徒たちが見てとれた。体育の授業中なのか、教師の号令に合わせてきびきびと動いている。校舎からはピアノ伴奏に合わせた、『翼をください』の合唱が洩《も》れ聞こえる。

教員室で鳥越と四谷の相手をしたのは、五十代の男性教諭だった。

「二十五年前の卒業アルバムがご入り用だとか。じつはわたしは、たまたまその当時も第一小《イッショー》に赴任していましてね。なにかお役に立てればいいですが……」

公立小中学校の教師は、およそ三、四年で異動する。二十五年も経《た》てば、その間に赴任がダブっても不思議はない。

「該当の生徒は卒業前に引っ越しましたから、卒アルに個人写真は載っていません。それでもよろしいですか？」

「ええ。かまいません」

鳥越は生真面目《きまじめ》に応じた。

――篠井湊人《みなと》。

それが該当生徒、すなわち篠井一平の息子の名であった。

「失礼ですが、先生は二十五年前はおいくつでした？」

「わたしは二十九歳でしたね。六年三組を担当していたはずです。あの頃《ころ》は中受《ちゅうじゅ》――中学受験がメジャーじゃなかったから、のどかなもんでした」

男性教諭が、事務員から受けとった卒業アルバムをめくる。

「引っ越す直前、篠井湊人は六年何組だったんです？」

「一組でした。ああこれだ。ここが六年一組のページです」

鳥越と四谷が見やすいよう、男性教諭はくるりとアルバムを半回転させた。

「拝見します」

四谷がいち早く顔を近づけ、鳥越は彼の肩越しにページを眺めるかたちになった。

――一組の担任教師は、辰見敏江だったか。

映画館『銀映座』の火災で亡くなった元校長だ。はたしてこれは偶然なのだろうか。

「このページ、あとでコピーをいただいていいですか？」

「ええ、どうぞ」

「巻末には生徒の住所も載っていますか。でしたらそのページもお願いします。ええ。全クラスぶん」

ページから目を離さぬまま、鳥越は男性教諭に頼んだ。

ざっと見たところ、六年一組の生徒は三十人前後だ。証明写真ほどの大きさの顔写真が、見開きページに横八列、縦四列で並んでいる。そして写真の下には、一人一人の名前があった。

「――この子」

鳥越は右上の男子生徒を指した。

「市議の秋月さといさんですね？」

先日居酒屋で、南吉春と飲んでいた議員である。

「はい、そうですよ」

男性教諭がてきめんに相好を崩した。

「はっきり面影があるでしょう。彼はこの頃から優秀でね。二年つづけて学級委員長をつとめました」

二重の目が印象的な、色白の美少年だ。写真の下に〝秋月慧〟とある。

「議員は選挙のため、読みづらい字は、平仮名にひらきますからね」

「凝った名前だが、似合ってますな」

鳥越はうなずいて、さらに顔写真を目で追った。

同じクラスに〝三宅〟姓の女子生徒が一人いる。下の名は美園ではなかったが、顔立ちが似ていた。姉妹かもしれない、と記憶に刻んでおく。

「ところで、南区長の息子さんは別の校区ですか？」

「区長の？　ああ、吉春さんね。彼のご実家は北泉町二丁目ですから、北泉小のはずです。彼がなにか？」

「いえ。訊いてみただけです」

鳥越はかぶりを振って、

「このアルバムのどこかに、篠井湊人が写っていたら教えてください」と言った。

男性教諭はしばしページを繰りつづけた。

ややあって手を止める。

「これです、この子。遠足のときに撮ったものです」

彼が指した先には、小柄な男児がななめ右を向いて立っていた。

偶然写りこんだらしく、ピントは手前の四人に合っている。だが顔ははっきり見てとれた。なかなか可愛《かわい》らしい顔立ちだ。

「四谷、おまえのスマホは最新のやつだよな？　撮ってくれ」

「了解です」

四谷がスマホを構え、数回撮影した。

その場で科捜研のアドレスに送信する。画像加工ソフトで二十五年ぶん老けさせれば、現在の顔がおおよそわかるだろう。

鳥越は男性教諭に顔を戻した。

「篠井湊人さんはどんな生徒でしたか？」

「目立たない、おとなしい子でしたよ。影が薄い、と言ったほうが正確かな。成績は上位だし運動神経もよかったが、とにかく地味でしたね。まあ、目立ちたくなかった気持ちはわかりますが……」

言葉を濁した教諭に、

「父親の件ですね？」

鳥越は水を向けた。

「父親、つまり篠井一平のことで、彼がいじめられたことはありましたか？」

「うーん、まあ、なかったとは言えません」

男性教諭が渋しぶ答える。

「深刻ないじめはなかった、と認識しています。しかし軽度のからかいや、仲間はずれなどはあったようです。篠井くんを受けもったことのないわたしでも、彼がぽつんと一人でいるのはよく見ました。とはいえ、それは三、四年次までですよ」

「と言うと？」

「五年次のクラス替えで、秋月くんと同じクラスになりましたから。委員長の彼が、うまく篠井くんをクラスメイトに馴染《なじ》ませたんです」

「ほう、その頃から政治家の才覚があったわけだ」

愛想笑《あいそ》いを返し、鳥越は質問を変えた。

「父親の篠井一平が失踪する直前、湊人さんの様子に、変わったところはありませんでしたか？」

「なかった、と思います。すくなくとも、わたしは気づきませんでした。担任だった辰見先生なら違うお答えができたかもしれませんが、ご存じのとおり、先生は残念なことに……」

「ですね。非常に残念です」

鳥越は頭を下げ、弔意を示した。

「父親の失踪後、湊人さんはどちらに引っ越して行ったんです？」

「すみません。そのお答えも、やはりわたしでは……。ただ、関西方面に転校する、と聞いた記憶はあります。『新幹線で行くなら、いったん東京で降りるんだな』と思ったことをおぼろげに覚えているので」

「つまり関西のほうに、母方の親戚《しんせき》がいた？」

「と聞きました。篠井くんのお母さんは『誰《だれ》も知らない、しがらみのない土地に行きたい』と言っていたそうです」

「彼の母方の祖父母は、どうされましたか」

「どちらも鬼籍です。一平さん失踪の翌年にお祖母さんが亡くなり、その三、四年後にお祖父さんが亡くなったんじゃないかな。一平さんの姻戚《いんせき》ということで、やはり住みづらそうにしていました。早世なさったのも、ストレスからでしょう」

「なるほど。では最後に、湊人さんと仲がよかったクラスメイトを教えていただけますか」

「仲がよかった……ですか」

男性教諭は考えこんで、

「やっぱり、委員長をやっていた秋月くんじゃないですか？　深刻ないじめはなくとも、やはり篠井くんは、その——教師がこういう言いかたをするのはあれですが、〝浮いた存在〟でしたから。親たちが口さがないせいで、子どもも彼をなんとなく敬遠し、本人はよけい殻に閉じこもる。その悪循環でした。ああいったケースは、教師が下手に手出しするとこじれがちなのでね。歯がゆかったですよ。そこをうまく取りなしてくれたのが、秋月くんでした」

言葉の後半は立て板に水だった。手ばなしの誉《ほ》めようだな。鳥越は思った。この教諭はきっと、毎回秋月に投票しているに違いない。

礼を告げて、鳥越は四谷とともに小学校をあとにした。

3

次に鳥越たちは、篠井湊人の母、ゆき子の従妹《いとこ》から話を聞いた。

「わたしとゆきちゃんは、父方の従姉妹《いとこ》に当たります。子どもの頃から、よく似ていると言われて育ちました」

そう言う従妹は色白で、六十を過ぎても色香の残る女性だった。従妹と言っても、早生まれの同学年だという。

「残念ながらゆきちゃんは、七年ほど前に亡くなりました。お葬式にも行けませんでしたよ。『永眠しました』のはがきが一枚来たっきり」

「ということは、ゆき子さんが引っ越して以後はお付き合いしていなかった？」

「年賀状だけです。それさえも数年したら、宛先不明で戻ってくるようになりました」

不当な仕打ちを受けた、と言いたげに従妹は口をすぼめた。

「ゆき子さんと一平さんはどんなご夫婦でしたか」

「どんなってねえ……」

彼女は頬《ほお》に手を当ててから、

「結婚前は、みんながうらやむカップルでしたよ。一平さんは消防団のヒーローでしたし、ゆきちゃんはマドンナでしたから」と言った。

「ゆき子さんがマドンナなら、あなたもそうとうモテたんじゃないんですか？」

鳥越は水を向けた。

「子どもの頃から、似てると言われてきたんでしょう？」

「似てたのは顔だけですよ。たとえ目鼻立ちがそっくりでも、人の持つ雰囲気はそれぞれ違うものですから」

彼女は苦笑した。

「ゆきちゃんは、蛍みたいな人でした。彼女のまわりだけ、いつもほんのり光るような感じがしました。彼女に比べたら、わたしは地味でね。一平さんと弟さんだって、顔は似ていたけれど、全然違いましたもの」

とまぶたを伏せる。

「一平さんの弟は、焼身自殺したそうですね」

鳥越はずばりと切りこんだ。

隣の四谷が「え?」という目つきで鳥越を見上げる。それにはかまわず、鳥越は言葉を継いだ。

「兄の自作自演を暴いたのち、それを悔いて自殺したとか」

「いえ、違いますよ」

従妹は反射的に首を振り、それからはっとした。

「あ、いえ、ごめんなさい。違うと、強く言いきれるわけじゃないんです。ないですけど、でもわたしは、すこし違うと思っています」

「違うというのは、自殺の理由がですか?」

「ええ。だってあの子も、ゆきちゃんが好きだったんですもん。一平さんとゆき子さんの結婚に、あの子は耐えられなかったんです。だから兄を裏切ったけれど――、その罪悪感にも、勝てなかった」

従妹はふいと横を向いて、

「因果な一家でした」

つぶやくように言った。

「一平さんは父親にコンプレックスを持ちつづけ、その一平さんは弟に劣等感を与えつづけた……。奇妙な関係でした」

その言葉にコメントはせず、鳥越は問いを継いだ。

「一平さんの自作自演が発覚して、彼はヒーローの座を失ったんですよね？　それでもゆき子さんは、心変わりしなかったんですか？」

「まあ、そこは……お腹《なか》に赤ちゃんもいましたし」

「赤ちゃん？」

訊きかえしながら、鳥越は頭の中で計算した。

「では篠井湊人には、兄か姉がいたんですね」

「いえ。残念ながら、そのときの子は生まれませんでした。ゆきちゃんが弟さんの自殺を知ったショックで、流れてしまって」

従妹がうつむく。

鳥越は沈痛な顔を作った。「それはお気の毒に」

「はい……」

「ヒーローの失墜劇と、義弟の焼身自殺。そして流産か。しかしその後もゆき子さんは、一平さんから離れなかったんですね？」

「というか、離れられなくなった……という感じでした。二人とも、注目を浴びすぎたんです。いやな言いかたですが、ゆきちゃんが、そのう、傷もの扱いになったというか。いまさら別れて、ほかの男性とどうこうなれる雰囲気じゃなかったんです」

「なるほど。狭い町のことですからね」

無言で、従妹は唇を噛《か》んだ。

鳥越はつづけて言った。

「その後も、一平さんとゆき子さんは夫婦でありつづけた。そして第一子の流産から七、八年隔てて篠井湊人が生まれた。二度目の妊娠としては、すこし遅めでは？」

「ええ」

従妹はすこし間を置いて、

「不妊治療の末に、できた子ですので」と言った。

「それだけにゆきちゃんは、湊《みな》ちゃんが可愛くてたまらなかったようです。溺愛《できあい》していました。一平さんは、消防団を辞めてから偏屈になる一方でしたしね。子育てにのめりこむしかなかったんでしょう」

「一平さんはどうです。わが子を可愛がっていましたか？」

「そりゃあもちろん。でも彼は、もっと男らしく育てたかったようです。湊ちゃんはゆきちゃんに似て、おとなしい子でしたから」

「いじめられたからおとなしくなった、という見方もできるのでは？」

鳥越はあえて意地の悪い訊きかたをした。

しかし従妹は逆らわず、

「そうとも言えます」

素直にうなずいた。

「しかたないですよ。その頃には町は、南信吉さんの天下でした。その取り巻き連中はいつも一平さんをくさしてました。親が悪口ばかり言えば、子どもたちだって自然とそれを真に受けます。ＰＴＡでもご近所付き合いでも、ゆきちゃんはいつも肩身の狭い思いをしていました。湊ちゃんがうつむき加減の陰気な子になったのも、無理のないことでしょう」

「小学校の火事までもが、一平さんのせいにされたと聞きました」

さらりと鳥越が追い打ちをかける。

従妹は頬をゆがめた。

「そんなわけないんですけどね。団をやめた一平さんが、火つけなんかしてもメリットはありませんもの。でもいやな噂《うわさ》は、打ち消しても打ち消しても絶えませんでした」

「デマを流した大もとは、南区長ですかね」

またも鳥越は無造作に言った。四谷は止める気も失《う》せたらしく、横で黙っている。

従妹も諦《あきら》めたように首肯した。

「でしょうね」

鳥越は顎を撫でた。

「ただでさえ針のむしろだった篠井一家は、噂のせいでさらに暮らしづらくなった。そして小学校の火事から五年後、篠井一平は実父を焼き殺して出奔した。事件の直前、彼になにがあったんでしょう？」

「どうでしょうね。くわしいことはわかりません」

従妹は眉《まゆ》を曇らせて、

「ただ、ゆき子ちゃんの話では、一平さんはお酒の量がだいぶ増えていたようです。あの夜は、つもりつもったものが暴発したんじゃないでしょうか」

「その〝つもりつもったもの〟とは、一平さんの感情ですね？　実の父親相手に、長年つのらせてきた劣等感？」

鳥越の念押しに、

「ええ」

はっきりと従妹はうなずいた。

「これは感覚的なことなので、うまく説明できそうにないですが」と前置きしてから、

「大もとはやっぱり、一平さんのお父さん――篠井のおじさんなんです」

と言った。

「おじさんに会ったことがない人に、彼のことを説明するのって、すごくむずかしいんです。よく言う〝カリスマ性〟って、ああいう人のことを指すんでしょう。……こんな言いかた、馬鹿みたいに聞こえるでしょうが」

彼女の喉《のど》がごくりと動く。

「おじさんは――〝火そのものの男〟って感じでした」

ふっと自嘲《じちょう》の笑いを洩らす。

「変ですよね。でも、そうとしか言いようがないんです。本人も『消防団があってよかった。そうじゃなきゃ、おれは放火魔になってたな』なんて冗談を言うくらい――もちろん一平さんの自作自演がバレてからは言わなくなりましたが――そんな冗談を言われても、笑いより先に納得がこみあげるくらい、全身から〝火の匂《にお》い〟のする人でした。あんな人、ほかに見たことありません」

「火の匂い、ね……」

鳥越は小声で繰りかえし、

「まあ、おぼろげながら、わかります」

真顔でうなずいた。

なかば以上、本心だった。

刑事を長年やっていれば、あらゆる人種に出会う。変温動物のように、ある程度体温を調節できる医者。痛覚を意思でコントロールできるキャバ嬢。虐待の気配を察知して、仮死状態になれる子ども。

また鳥越自身、鴉《からす》と話せる奇異種の一人と言える。

――火を飼い慣らせる、カリスマ性溢《あふ》れる男か。

偉大な父を持つ息子は、おしなべて同じ運命をたどる。

彼らは父のようにはなれず、かといって父を無視することもできない。

トーマス・エジソンの長男は、無能の烙印《らくいん》を押されて父に勘当された。マハトマ・ガンジーの息子は父の名を利用して借金を重ね、わが娘を強姦《ごうかん》した。ヘミングウェイの三男は若い頃から酒と薬物に耽溺《たんでき》し、しまいに医師免許を剥奪《はくだつ》された。

「〝火の男〟を殺すには、焼き殺すしかない――。そう考えたんですかね、篠井一平は。生涯父を乗り越えられなかった彼は、もはや父を殺すしかなかった」

そう言いながら鳥越は、

――弟のようには、なりたくなかったんだろう。

と考えていた。

彼の弟は兄に勝てず、かといって兄を密告した罪悪感にも耐えられなかった。そして、父の象徴である火を使って死んだ。

おれはああはなるまい、と一平は思ったのではないか。おれはあんな死にかただけはすまい、と。

火に呑《の》まれるくらいなら、おれが先に呑んでやる――。

そう覚悟して、彼は偉大な父の家に火をはなったのか。

「すみません。最後にもうひとつお聞かせください」

鳥越は言った。

「篠井湊人の、現在の苗字《みょうじ》をご存じですか？」

「いえ」

従妹はきっぱり否定した。

「親戚の誰かの養子にした、とだけ聞いています。ゆきちゃんは、年賀状に一度も湊ちゃんのフルネームを書かなかった。リターンアドレスもです。町によけいな情報が洩《も》れることを恐れたんでしょう」

「ですが、さきほど『永眠しました』のはがきが届いた、とおっしゃいましたよね。その差出人は誰だったんです？」

「ゆきちゃん本人の名でした。お疑いなら、その状差しにはがきが残っています。どうぞ確認してください。……わたしが湊ちゃんについて話せることは、ほんとうになにもないんです」

4

「篠井湊人くんですか？　はい、同級生でしたよ」

突然の鳥越たちの来訪に、秋月慧は目をまるくして答えた。

場所は自宅でなく、先日も訪れた後援会事務所である。

日中はたいていここにいるのだそうで、「会社員みたいに朝八時半に家を出て、六時に帰宅するんです」との返事だった。

「刑事さん、まさか彼を疑ってるんですか？　二十五年も前に転校していった人を？」

「捜査の内容についてはお話しできません。あくまで、ひとつの可能性としてお訊きしているだけです」

四谷が澄ました顔で答える。

後援会員がすすめる茶を手で断り、鳥越は言った。

「篠井湊人さんとあなたは、仲がよかったそうですね」

秋月が首をかしげた。

「いやあ、特別仲良しだったわけでは……。わたしが学級委員長だったから、傍目《はため》にそう見えただけじゃないかな」

「かもしれません。ですが当時の教師は言っていました。あなたが篠井湊人さんをクラスに馴染ませ、いじめられないよう尽力していたと」

「ああ……。それはまあ、学級委員のつとめと言いますか」

秋月が歯切れ悪く言う。

「なにか言いたいことがおありなら、先に話したほうがいいですよ」

鳥越はうながした。

「話す機会を逃すと、どんどん打ちあけづらくなる。となると寝覚めが悪くなる一方です。わたしどもが目の前にいる、いまのうちにどうぞ」

「いや、べつにたいした話じゃないんですよ」

秋月は苦笑した。

「じつは篠井くんのことは、吉春くんから頼まれていたんです」

「吉春……。南区長の息子さんである、あの南吉春さんですね？　あなたがたは、当時から親しかったんですか」

「吉春くんの父親と、わたしの祖父ならびに父は、同じ党派ですからね。議連の集まりやなんやかやで、それなりに懇意だったんですよ。私の父は某議員の秘書として長らく丁稚《でっち》奉公に出されていたので、こっちに戻ってきたとき、わたしは吉春くんしか友達がいませんでした」

「ほう。おいくつで戻ってこられたんです？」

「小学四年生の春です。それまでは県庁所在地にいたんですよ。同じ県内とはいえ、転校はやはり心細いものです。吉春くんと同じ小学校にしてくれなかったことを、こっそり恨んだくらいです」

「ですが、あなたはしっかり馴染まれたようだ」

鳥越は脚を組みかえた。

「四年生で転校してきて、その翌年に学級委員長に選ばれたんですからね。そうとう優秀だったんでしょう。……で、なぜ吉春さんは、あなたに『篠井湊人を頼む』などとお願いしたんです？」

鳥越は本題に入った。

秋月が即答する。

「ぼくたちの関係と同じですよ。吉春くんは篠井くんとも、親同士が知りあいだったんです。しかも同じ町で育った幼馴染みです」

「なるほど」

うなずきながら、ものは言いようだな、と鳥越は思った。

南区長と篠井一平は確かに知りあい同士だった。しかしその関係は、およそ友好的とは言えまい。

そんな鳥越の内心を読んだように、

「すみません。言いかたが悪かったな」

と秋月は手を振った。

「南区長が、篠井一平さんをよく思っていなかったことは存じています。でも吉春くんと篠井くんが幼馴染みだったのは確かですし、南のおばさ――吉春くんのお母さんは、いつも篠井家を気にかけていました」

「お母さまのほう、ですか」

「ええ。彼女は面倒みのいい女性でね。あの人がいなけりゃ『南信吉後援会』は成り立ちません。ここだけの話ですが、一部の方たちは〝信吉さんより奥さんのほうが、よっぽど政治家らしい〟なんて噂してます」

「内助の功は、地方政治家には不可欠だとよく聞きますね」

鳥越はうなずいて、

「では父親同士の確執をよそに、南家と篠井家の息子は折り合いがよかったわけだ。そしてあなたは吉春さんの頼みを受け、湊人さんの世話を焼いた」

「わたしは吉春くんに、恩がありましたから。わたしが早々に比多門に馴染めたのは、吉春くん母子《おやこ》のおかげです。だから彼らの頼みは断れなかった。それにわたし自身に、学級委員長の自覚があったのもほんとうです。その甲斐《かい》あってか、篠井くんをはぶこうとする子は、クラスからだいぶ減りました」

「減った、ということは、ゼロにはできなかった？」

「それはまあ、不徳のいたすところです」

秋月は認めて、

「ですが大きないじめはありませんでしたよ。言葉のからかいは多少残りましたが、二学期になる頃には、彼に面と向かって言う子はいなかったはずです」

では一学期の頃はあったわけだ――。鳥越は胸中でつぶやいた。

次いで、四谷に目で合図する。

四谷がポケットから卒業アルバムのコピーを出し、卓上に広げた。六年一組の個人写真が載った、見開きページのコピーである。

「では秋月さん、篠井湊人さんをいじめた生徒を順に指してくださいますか」

鳥越は愛想よく言った。

「あなたは賢い人ですし、話が早そうだ。だからあえてぶっちゃけますが、ごまかしても時間の無駄です。われわれは、ちゃんと裏取りしますからね。それを踏まえた上で、よろしくお願いします」

「ほんと刑事さんは、顔に似合わずおっかないな……」

秋月は顔を引き攣らせ、

「さっきも言ったように、大きないじめはなかったんですからね？」念押ししながら、ためらいがちに指さしていった。

四人目で、その指が〝三宅〟姓の女児を選んだ。

「あれ？　もしかしてこの方、いま市民病院で看護師されてません？」

鳥越は鎌をかけた。

秋月が首を横に振る。

「それは妹さんのほうですよ。三宅さんご本人は結婚して、とうに地元を離れました」

「ああ、姉妹か。どうりで似てると思いました」

やはりな、と内心で鳥越はうなずいた。狭い町のことゆえ、不思議に思うほどではない。

しかし因果を感じる偶然ではある。

「ちなみに彼らがやったからかいのうち、一番タチの悪かったのを教えてもらえませんか。参考にしたいので」

「それを聞いて、どうされるんです？」

「あくまで参考ですよ。篠井湊人さんの人格形成に、いじめがどの程度の影響を及ぼしたかを知れたらなと思いまして。何度も言うようで恐縮ですが、秋月さんが拒んでも、どのみちほかの方がたからお聞きします」

「まったく……」

秋月がかぶりを振る。

「タチが悪いと言っても、しょせんは小学生ですよ？　殴ったり蹴《け》ったり、お金を取ったり等はありませんでした。あったら学級委員長のわたしが、もっと問題にしていましたよ。ただ……」

「ただ？」

「頻繁にちょっかいを出されていたのは事実です。からかいの種は、たいてい火事のことでした。いつもは〝放火マン〟〝チャッカマン〟なんて渾名《あだな》で呼ぶくらいでしたが、ライターを教室に持ってきたときは、なんというか……ちょっと、引きましたね」

「ライターを、その生徒はどうしたんです？」

「火をつけて、篠井くんの目の前で何度も振ったり、かざしたりです。『こいつ、火を見ると目の色変わる。みんな見てよ。キモい』って笑って……。さすがに止めましたが、篠井くんは泣きそうでした」

女子生徒の口ぶりだな。鳥越はそう察して、

「ライターを持ってきた生徒は、もしかして三宅さんですか？」と訊いた。

秋月がいやな顔をする。

「……それ、答えなきゃ駄目ですか？」

答えてもらったも同然であった。鳥越は微笑した。

「いえ、結構ですよ。本日はお時間を割いてくださり、ありがとうございました」


捜査本部に戻ると、賛成派への脅迫状の差出人が割れていた。

『銀映座』映写技師の斎藤清次郎であった。

遺品を整理していた彼の親戚が、ミスプリントした脅迫状を複数見つけ、警察に通報してきたのである。

「パソコンのデータをざっと見るに、清次郎氏は同じく映画館火災で亡くなった辰見元校長をひそかに想《おも》っていたようだ」

鍋島係長はしんみり顎を撫でた。

「辰見元校長は、ＩＲ誘致反対派の代表格だった。陰ながら、彼女の役に立ちたかったらしい。やりかたは誉められたもんじゃあないがな」

では脅迫状と放火犯に、直接の関係はなかったことになる。

脅迫の文言に〝火〟のワードを多用したのは、旧比多門町が火事に振りまわされた時代を、彼が熟知していたからだろうか。

「マル湊《みな》の引っ越し先はわかりましたか?」

鳥越は係長に尋ねた。

「一平の失踪後、移り住んだ先はわかった。マル対母子《おやこ》は大叔母を頼って長崎県に越し、養子になって姓を〝小田崎〟に変えた。そのままマル湊は、成人するまでを長崎で過ごしたようだ」

「その後は?」

「ゆき子の死後、本州に戻って千葉の運送会社に就職した。二十九歳のとき退社し、以後は不明。住民票は千葉から動いておらず、追えん状態だ」

「前科《マエ》はどうです」

「いまのところヒットしない。姓名をさらに変えた可能性もあるな」

そこまで鍋島係長が答えたとき、ノートパソコンに向かっていた捜査員の一人が声を上げた。

「宝田補佐! プロバイダへの開示請求、通りました!」

捜査主任官が重々しくうなずく。

鳥越は鍋島係長に目を戻した。

「プロバイダへの開示請求？　なんです？」

「公民館火災の翌日、消防署のSNSアカウントに、犯行をほのめかして挑発するようなリプライがあったんだ。書き込み主はすぐに鍵《かぎ》をかけたが、悪質と見た市民がスクリーンショットを撮って保存していた。そのスクショのIDをもとに、開示請求をかけたってわけさ」

「それが無事通ったんですね。ありがたい」

鳥越は薄く笑った。

「もしそいつが本物のマル対なら、運のつきってやつですね。馬鹿どもが捕まるのは、たいてい慢心と油断が生むほころびからです」

「ああ。ほころびはやつらの運に穴を開け、決壊させる。――神社の火災で誰も死ななかったことといい、やっと風が警察《おれたち》に吹きはじめたな」

5

その夜は、鳥越も四谷も署に泊まりこんだ。

柔剣道場に布団を運びこんでの雑魚寝《ざこね》である。夏場は床や机の上で寝ることもあるが、さすがに冬は畳の上でないと体にこたえる。

四時間ほど眠り、起きてすぐ髭《ひげ》を剃《そ》った。

泥のようなコーヒーで無理やり目を覚まし、庶務班が用意してくれた味噌汁《みそしる》と握り飯を頬張る。

立ち食いのカレーや牛丼ばかりだった胃に、くたくたに煮込んだ味噌汁のキャベツが染みた。

「おい、ゆき子の従妹に届いた死亡通知はがきの件だ。指紋《モン》が出たぞ」

朝の挨拶を飛ばし、宍戸課長が一同に言う。

「科捜研が夜なべで仕事をしてくれた。公民館火災での鎖から採れた不完全指紋と、該《ガイ》指紋が三点において一致したそうだ」

通常はひとつの指紋につき、八点から十二点の特徴が合致すれば同一指紋である。たった三点の合致では物証とは言えない。

——しかし、篠井湊人に任意同行を願う大義名分にはなる。

首をめぐらせた鳥越は、室内に白い横顔を見つけた。

水町未緒巡査だ。今日から復帰らしい。つづく捜査でむさ苦しくなった刑事たちの中、一人だけ小ぎれいで浮いている。

「水町」

声をかけると、水町が振りむいた。

「お疲れさまです、鳥越部長。本職、本日より復帰いたしました」

「堅苦しい挨拶はいい。デスクに編入だな？」

捜査班はがっちりコンビが決まったため、書類作成と管理を主とするデスクの補充へまわされたようだ。実際、手の足りない班ではある。

「……会えましたか？」

水町が小声で言った。

鳥越は無言でうなずいた。むろん、伊丹のことである。

だがこの場で彼の名を口にする気はなかった。水町もまた、鳥越の首肯だけですべてを察したらしい。

「ところで水町。おまえ、捜査二課に同期がいたよな？」

「一人いますが、なにか」

「二課なら県内の政治家はひととおり押さえているだろう。正護北区の区長、もしくは県知事の情報がほしい。頼まれてくれるか」

「情報は公《コウ》ですか、私《シ》ですか？」

私だ、と鳥越は答えた。水町は、指でちいさく丸をつくってみせた。

朝一番に鳥越が四谷を連れて向かったのは、三宅美園のアパートであった。

「嘘ぉ。来るなら来るって連絡してくださいよ。夜勤明けですっぴんなのに、恥ずかしい」

そう言って手で顔を覆う美園に、

「じつは女性のすっぴんを見るのが性癖なんです。恥ずかしがる姿がたまらない」

鳥越は笑ってみせた。美園が「やだもう」と彼の肩をぶつ。

これ以上くだけようのないほど空気がくだけたところで、鳥越は本題に入った。

「三宅さん、二つ上のお姉さんがいるそうですね？」

「え？　いますけど、なんで知ってるんですか」

鳥越はそれには答えず、

「最近もお会いしましたか」と訊いた。

「いえ、四国にお嫁に行っちゃったから、そうそう会えなくて。いまはSNSで繋《つな》がってるだけです。あ、写真見ます？」

屈託なく美園がスマートフォンを取りだした。

表示されたインスタグラムのアカウントだった。九割の画像が、美園の姉らしき女性とその子どもだ。

「めちゃ自撮り多いでしょ？　うちの姉、昔からこうなんです」

「三宅さんのお歳《とし》で〝昔〟だなんて、小学生くらいでないと当てはまりませんよ」

鳥越が世辞半分、鎌かけ半分で言うと、

「そうなんですよ。まさに小学生のときから！」

と美園は手を打った。

「これを言ったら馬鹿みたいですけど、わたしたち、姉妹揃ってアイドル志望だったんです。家でも学校でも、決めポーズで写真撮りまくってました。チェキが流行《はや》る前は、写ルンですとかで」

「そりゃあすごい。ぜひ見たいな」

「見ます?」

美園は身をのりだした。

「ここにはないけど、実家に積んでありますよ。姉のぶんもね。あいつ、アイドル志望だった過去なんかありませーん、みたいな顔して全部置いてったから」

「ほう。ご実家の場所をうかがっていいですか」

「えっ、鳥越さんにそんなご足労、かけさせられません。弟に持ってこさせますよ。どうせ自営で暇なんです」

精いっぱい媚《こ》びる美園のもとで、鳥越たちは約四十分粘った。そして五冊のアルバムを借り受けることに成功した。


その日の聞き込みの本命は、南吉春であった。

彼の家へ向かう途中、鳥越のスマートフォンが鳴った。水町巡査からのメールだ。さきほどの頼みを、早くも実行してくれたらしい。

鳥越はざっとななめ読みし、〝県知事の妻は、元国土交通大臣の孫娘。知事は頭が上がらないと評判〟等の情報を、ひととおり頭に入れた。

「四谷、おまえ若いから目はいいよな？」

「はあ。両目とも一・五です」

「ではおれが吉春と話す間も、できるだけ三宅姉妹のアルバムを見ていてくれ。隅から隅までだぞ。こいつはおれの勘に過ぎないが、捜査はそろそろ大詰めだ。一分一秒も無駄にしたくない」

「了解です」

四谷がうなずいて角を左に曲がると、小路の突きあたりが吉春の家だった。

モカベージュの壁にオリーブ色の屋根という、シックな洋風の一軒家である。事前に交番員から得た情報によれば、妻と息子との三人暮らしだそうだ。

インターフォンを鳴らすと、応答したのは妻だった。手帳を見せ、玄関先に吉春を呼びだしてもらう。

あらわれた吉春は、三つ揃いのスーツでぴしりと決めていた。

「すみません。予定があるので、五分ほどしかお相手できないかと」

「もちろんかまいません。二、三の確認があるだけです」

鳥越は作り笑顔で請けあってから、

「篠井湊人さんとは親しかったんですか？」といきなり切りこんだ。

「湊人くん……？」

吉春は目をしばたたいた。

「なんでいま、そんな——。ああ、まさか放火の件ですか？　馬鹿馬鹿しい。父がなにを言いだしたか知らないが、あり得ませんよ」

「ほう。なぜお父さまだと思うんです？」

「それは、その」

彼は一瞬詰まったが、

「うちの父くらいでしょう。二十年以上経っているのに、いまだに篠井一家にこだわる人間は」

と不快そうに言った。

「そのお父さまと、あなたは意見を異にしていたようだ。なんでも小学生の秋月さんに、篠井湊人への目配りをお願いしていたとか？」

「それのなにがおかしいんです。べつだん、刑事さんに突っこまれるような話ではないと思いますが」

憤然と吉春は言いかえした。

「ぼくは湊人くんと幼馴染みでしたし、彼が好きでした。父はけっして悪人じゃあないが、器がちいさいんですよ。とくに一平さん絡みのこととなると、コンプレックス丸出しでした。ぼくは父の、そういうところが我慢ならなかった」

「お母さまは止めなかったんですか？　篠井湊人にかまうあなたを、諌めたりは？」

「止めるどころか、誉めたたえましたよ。父の一平さんコンプを嘆いていたのは、ぼくより母のほうでしたから」

「あなたのお母さまは、南区長の選挙には欠かせない方だそうですね」

さきほど水町からもらった情報をもとに、鳥越は言った。

「県の党員女性局の常任委員でもあられるとか。南区長よりよほど県政に顔が利く、とお聞きしました」

「母は公明正大かつ、社交的な人ですよ」

吉春が苦笑まじりに言う。

「純粋に母は、ぼくと湊人くんに仲良くしてほしがっていました。ぼくが父より政治家向きの正義漢に育つことを望んでいたんです」

「なるほど」

鳥越はいったんうなずいて、

「あなたから見て、篠井湊人はどんな子どもでしたか」と訊いた。

「気の毒でした」

吉春は一言で答えた。

「彼はいつも、自分を実際よりちいさく、目立たなく、無能に見せようとしていた。いじめられまいと、それだけを考えて生きていました。環境にゆがめられたとしか言いようがありません。いまだから実感を持って言えますが、子どもをあんなふうにゆがめてしまうのは、社会の責任であり、行政の責任です」

そこで言葉を切って、

「……もし立場が逆だったなら、ぼくだって彼のようになったでしょう」

彼は声を落とした。

そのとき、廊下の向こうからスリッパの足音がした。

「吉春、警察の方がお見えだと聞いたけど……」

「母さん」

吉春が慌てて振りかえった。

「いいから。ここは大丈夫だから、支度してて」

「でも――」

息子とともに出かける予定らしく、母親とおぼしき女性は品のいいネイビーのスーツにシルクのスカーフを合わせていた。鳥越を見て、はっと目を見ひらく。

鳥越は無言で会釈をした。

6

鍋島係長から「いったん帰署しろ」と連絡を受け、鳥越と四谷は捜査本部に戻った。

水町が寄ってきて、小声でささやく。

「さっきのメールの補足です。南区長と県知事は、懇意というわけではないようです。プライベートで仲がいいのは、彼らの妻同士です」

「ありがとう」

鳥越は礼を言ってから、低く付けくわえた。

「ついでに県知事のスケジュールを調べてもらっていいか?」

「もう調べました。県知事は今日、県議会本議会とその勉強会に出席予定。丸一日、奥さまの同行はなしです」

「さすがだ。やはりおれにはおまえしかいない。退官したら、一緒に特養老人ホームに入ろう」

「いやですよ。わたしは寿退社してみせます」

軽口を叩《たた》いて離れる彼女を見送り、鳥越は鍋島係長の前へと進んだ。

「敷鑑一班、帰署しました。なにかありましたか」

「おう。例の消防署アカウントへの、犯行をほのめかす書き込みの件だ。開示請求が通ったおかげで、書き込んだ該アカの登録電話番号で身元が割れた。名義人は〝小田崎湊人〟だった」

「すなわちマル湊ですね」

鳥越はうなずいた。

「ああ。この名義のスマホを、やつは九年使っている。親戚の養子になって以後は姓を変えていないようだ。てっきり前科《マエ》を抱えて経歴ロンダリングしたと睨んでいたが、意外に甘ちゃんだったぜ」

「やつは、正確にはなんと書き込んだんです?」

「単純なもんさ。『もっと燃やしてやる』『ざまあみろ』『こんな町、燃えてなくなればいい。跡形もなく消してやる』。市や区でなく〝町〟なのがポイントだな」

「マル湊が去った当時、ここはまだ比多門町でしたからね」

首肯した鳥越に、鍋島係長がダブルクリップで留めた紙束を突きだした。

「今夜の捜査会議までに、目を通しておけ」

「なんです?」

「SNSのプロフィールに、ブログのリンクが貼《は》ってあったのさ。内容をあらためたところ、マル湊の日記兼手記だった。やつの過去および行動パターンを把握できる、この上ない資料だ。たっぷりコピーさせたから、相棒のぶんも持っていけ」

「了解です」

振りかえると、四谷は正護北署の上司と話していた。

外は凍える寒さだというのに、捜査本部の中は熱気がこもり、全員がうっすら額に汗をかいていた。

コピーを渡すと四谷は、

「いま文字を読んだら、寝ちまいそうです。泊まり込み三日目なので……」

と正直に申告してきた。

「わかった。おれが読んで、あとでかいつまんで説明する。証拠品班の手が足りないようだから、おまえはそっちを手伝ってこい」

「すみません」

四谷を送りだすと、鳥越はデスク班の端に陣取った。脚を組んで喧騒《けんそう》に背を向け、小田崎湊人こと篠井湊人のブログを読みはじめる。

他人に読ませる気がなかったせいだろう、文章の時系列はばらばらだった。だが多少整理すれば、篠井湊人の過去と現在をかなり詳細に知ることができた。

比多門町に住んでいた頃は絶えず人目を気にし、肩身が狭かったこと。なるべく目立たぬよう、相手の目を見ず過ごすのが習い性になったこと。

火に呪われた一族と嘲《あざけ》られたこと。クラスでいじめられたこと。ことあるごとに、心ない噂を立てられたこと。

学校でも家庭でも安らげなかったこと。酒を飲んで荒れる父が怖かったこと。母にいっか楽をさせてやりたかったが、果たせなかったこと。

比多門町を離れて姓を変えたあとも、孤独な学生時代を送ったこと。母の死後、つい心細くなり、故郷の近くへ戻ったこと。しかし「追われている」との被害妄想が悪化し、住民票は動かせなかったこと。そのせいでまともな企業に就職できず、いまもブラック企業勤めに甘んじていること、等々。

——意外に、攻撃性が乏しいな。

鳥越は首をかしげた。

連続放火を起こし、消防署のアカウントに『もっと燃やしてやる』『ざまあみろ』などと書き込んだにしては、湊人の文章は神妙だった。怒りや復讐心《ふくしゅうしん》はほぼ読みとれない。全体に自嘲的であり自罰的だ。

——ただ、〝火〟や〝炎〟のワードは多い。

ピロマニア的傾向は否めないな、と鳥越は判断した。

とはいえ、うまく抑制していたようだ。湊人はこれまで放火での前歴や前科がない。逮捕歴すらない。自罰的な性格が功を奏したのか、と鳥越は推察した。自己評価の低さが、炎へ向かう欲求や行動に、無意識の制限をかけたらしい。

泥のようなコーヒーを啜り、鳥越はコピーの紙を繰った。

今度はブログではなく、SNSのプリントであった。鍵マークが付いていることからして、非公開アカウントらしい。

約一月ぶんを読みこんで、鳥越は眉根を寄せた。

あきらかに攻撃性が増している。『みんな死ねばいい。みんな燃えろ』『糞《くそ》係長　殺したい』『世界中みんな死ね　くたばれ　ぶっ殺したい』といった、暴力的な言葉ばかりが並ぶ。ブログでは比較的整然としていた文章も、荒れていた。

——この変化はなんだ？

普通に読めば、仕事や上司へのストレスだろう。

しかし気になるのは、六月三日の記述であった。『またアレが来た　捨てた』と湊人は書いている。また、と言うからには以前も〝来た〟のだろう。

さらにコピーを繰ると、七月二日の記述があらわれた。『アレの差出人がわかった。幻覚ではなかった』とある。

この書き込みには、便箋《びんせん》の画像が添付されていた。浅葱《あさぎ》いろの便箋だ。真ん中に一行だけ〝燃やしてみろ〟と書かれている。

筆跡はひどい金釘流《かなくぎ》だった。便箋に刷られたマークが、かろうじて一部だけ見える。

――このマーク。

鳥越はスーツの胸ポケットから警察手帳を抜いた。挟んでおいたメモ用紙を取りだし、見比べる。間違いなかった。アルファベットの〝S〟を月桂樹《げっけいじゅ》で縁どったマークだ。

――『バー・ジャルダン』にあった、篠井印刷株式会社のメモ帳。

ということはこの便箋も、篠井印刷で刷ったものだろう。

プリントを読みすすめると、湊人は〝燃やしてみろ〟の言葉に導かれるように、放火をはじめていた。

連続放火のはじまりは七月なかばで、住宅街での小火である。そして当の犯人が消し止めた痕跡《こんせき》があった。湊人のSNSの記述と、完全に一致していた。

さらに読んでいくと、公民館への放火が綴《つづ》られていた。描写こそ簡単だが、あきらかに自供だ。そして犯行教唆《きょうさ》と取れる怪文書の画像が、またもアップロードされていた。

――〝燃やしてみろ。比多門公民館。誰も逃がすな〟

差出人は誰だ？　鳥越は口の中で唸《うな》った。

おそらく篠井湊人には、もともとピロマニアの素地があった。だが意思の力で長らく抑えこんできた。その特異な成育環境ゆえ〝目立つまい、何者にもなるまい〟と己を律しつづけたこともプラスにはたらいた。

だがここへ来て、彼は仕事のストレスで壊れつつあった。内なる凶暴性は膨れあがり、破裂寸前まで育っていた。

――破裂させた針の一刺しが、この怪文書か。

鳥越はプリントを繰った。

十二月七日には、「酔った勢いで鍵をはずし、何回かSNSで糞リプを飛ばしてしまった」との記述が出てくる。正護北消防署の公式アカウント宛《あて》に書き込んだ件だろう。このせいで足が付き、スマートフォンの名義人が判明した。

み 🔑 @Mii_mi6666 12月8日

死ぬ勇気もないのに、一日かけて遺書を書いた。
こんなおれが、苦しまずに死にたいと思うのは贅沢《ぜいたく》だろうか。

み🔑　@Mii_mi666　12月8日
もう火つけも人殺しもしたくない。でも父さんの言いつけなら、聞かなきゃいけない。父さん、ごめんなさい。おれは今度こそ、父さんの言いつけを聞くいい子になりたい。なのに、どうしていいかわからない。

み🔑　@Mii_mi666　12月8日
おれがいい子なら、家族はばらばらにならなかった。
全部おれのせいです。ごめんなさい。母さんを不幸なまま死なせてしまった。代わりにおれが死ねばよかったのに。

――湊人は怪文書の差出人を、父親だと思いこんでいる？
七月二日の『この便箋。この言葉。懐かしい』という書き込み以前は、差出人が誰かわかっていなかったようだ。だがその後は堰《せき》を切ったように、怪文書に命じられるまま放火に走っている。
だが実際には、篠井一平はとうに死んでいた。防空壕の階段から落ちて死に、ミイラ化していた。

——そもそも差出人など、存在するのか？

鳥越は目をすがめた。

「燃やしてみろ」は、篠井父子《おやこ》の間でのみ通じる符丁だろう。この符丁を記憶し、二十五年前につぶれた会社の便箋をいまだ持っている人間といえば。

——篠井湊人本人しか考えられない。

ブログによれば湊人は、母の死後「追われている」という被害妄想を持つようになった。ついには住民票を移せないまでに悪化させた。

湊人は家族の崩壊を「自分のせいだ」と思いこんでいた。なぜそう思ったかは不明だが、罪悪感は彼の精神を確実にむしばんでいった。

——ストレスと罪悪感は、〝もう一人の彼〟を生んだのではないか。

〝父からの手紙〟をみずから書きつづり実行することで、やつは今度こそ〝父の望むいい子〟になろうとしたのか。

そこまで考えたときだ。

すぐ横のガラスが、こつりと鳴った。

顔を上げる。ガラスの向こうに雄のハシブトガラスがいた。くちばしで、ガラスをいま一度こつ、と叩く。

その黒い目を見つめ、鳥越はかるく顎を引いた。

鴉が飛び去っていく。鳥越は内ポケットから自前のスマートフォンを取りだした。LINEアプリを立ちあげ、メッセージを打つ。

『ご機嫌いかがですか？　五分でいいから、お会いしたいな』

返事は早かった。

『どこに行けばいいの？』

二十分ほどで着くそうなので、鳥越はその間に三宅姉妹のアルバムをひらいた。気になる写真に、四谷は付箋《ふせん》を付けてくれていた。目のいい若者に感謝しつつ、鳥越は一枚一枚にじっと目を凝らした。


約束どおり、待ち人は約二十分後にあらわれた。

待ち人こと、『バー・ジョルダン』で知りあった〝お嬢さまがた〟は、署の前にレクサスを横づけしていた。後部座席のウインドウのみ開け、車外の鳥越とにこやかに歓談する。

「今夜は駄目なのよね？　残念だわ」

「ええ。お相手できず、ぼくのほうこそ残念です」

鳥越がそう微笑《ほほえ》んだとき、公用車らしき黒のセダンが停《と》まった。

降りてきたのは南区長であった。目ざとく鳥越を見つけ、顔をゆがめる。まっすぐに、憤然と歩いてくる。

「おい、ここをどこだと思ってる。警察署の正面玄関だぞ。その×××ヅラを、市民の目の付くところに――」

出すんじゃない、と怒鳴りかけた声が、尻《しり》すぼみに消えた。鳥越の話し相手が誰か、一瞬で理解したらしい。

なぜここに？　どうしてこいつと？　と言いたげに目をしばたたく。みるみる顔いろが青ざめていく。

レクサスの後部座席で鳥越と話していたのは、県知事の奥方であった。元国土交通大臣の孫娘で、夫よりも国政に影響力を持つと評判の賢妻だ。

――おれは、ボス鴉の意図を誤解していた。

鳥越はひとりごちた。

てっきりボスは、バーのママのもとへ自分を導いたとばかり思っていた。ママは旧比多門町の歴史にくわしい。話を聞けという意味だと思いこんだ。

しかし違った。ボス鴉は最初から鳥越を、県知事夫人に引きあわせるつもりだったのだ。官品の携帯電話を見て、彼女がおやと瞠目《どうもく》したとき気づくべきだった。

「ごきげんよう、南さん」

にっこりと夫人が言う。

「今日もお元気そうで結構ですわね。でも天下の警察署の前で、下品な差別語を使うのは感心しませんね。この方が、わたしの友人と知っての無礼ですか？」

「友人……？」

呆気《あっけ》に取られた顔で、区長が鳥越と夫人を見比べる。

「ちょっと、お父さん！」

県知事夫人の隣に座っていた女性も、ウインドウから顔を覗《のぞ》かせた。

真っ青だった南区長の顔が、今度はさあっと白くなる。

「恥ずかしい真似《まね》しないでよ！　あなた、わたしの目の届かないところで、市民の皆さんにこんな横暴な態度を取ってるの？」

区長自身の細君であった。つまり吉春の母親だ。

「え。いや、その……」

完全に血の気を失い、南区長はへどもどと後ずさった。

「ええ、ほんとうに恥ずかしいわ」

県知事夫人がぴしゃりと言った。

「その上あなた、わたしどものいないところで、勝手に主人の名前を使ったんですって？　正直言って、いい気分がしませんね」

「いや、それは、その……」

「今後は奥さまとの交流だけにさせていただくわ。あなたとのお付き合いは、主人ともども考えなおすことにします」

「えっ、そんな。あっ——……」

区長を無視し、県知事夫人が鳥越に手を振る。

鳥越も手を振りかえした。ゆっくりとウインドウが閉まる。

レクサスが走りだし、青信号を通過するのを見送ってから、鳥越は署内に戻った。立ちつくす南区長へは、一度も振りかえらなかった。

7

捜査本部へ戻ると、事態が動いていた。

「鳥越さん！」

四谷が駆け寄ってくる。

「マル湊のスマホの発信履歴から、やつの生活圏を割りだせました。発信エリアの九割が、正護市東区《ひがしく》です」

「東区なら、電車で二駅だな」鳥越は言った。

「ブログを見る限り、やつの生活はほぼ会社と自宅の往復だった。職場もアパートも東区で間違いないだろう。GPSは？」

「電源を切っているようで駄目です」

首を振って、四谷はつづけた。

「科捜研がマル湊の写真を、加工ソフトで二十五歳老けさせましたよね。該画像を使って、地取り班が東区で聞き込み中です。また東署《ひがし》からも、十人ほど応援が来る予定です」

「トリ！」

鍋島係長が、人波をかき分けて歩いてきた。

「おまえらも東区へ向かえ。ＳＮＳのコピーは読んだか？」

「読みました。頭に入っています」

「よし。おまえの得意の勘をフルに使え。この事件は、おれたち捜査一課《ソウイチ》で解決するぞ。東署に手柄を譲るわけにはいかん。いいな？」

北署員の四谷の前でも縄張り意識を隠さないのが、昔気質《むかしかたぎ》のよくないところだ。しかし鳥越はそれを顔に出さず、

「了解です」とだけうなずいた。

歩きだしながら、「すまんな、四谷」とフォローする。

「気にしてません」

四谷が苦笑した。

「ソウイチのプライドは、おれみたいな新米でも心得てます。今回は、驕《おご》ったとこのない鳥越さんと組めてありがたかったです。……また組めたら嬉《うれ》しいけど、凶悪事件が起こったときしか会えないんだから、因果な商売ですね」

捜査車両のアテンザで、二人は東区へ走った。

ハンドルを握るのは四谷である。鳥越は助手席で、移動の間も三宅姉妹のアルバムをめ

くりつづけていた。

「車の中で本読むと、酔いません？」

「本じゃないから大丈夫だ。心配するな」

東区へ近づくごとに天候が悪くなる。朝から風が強かったが、いまや吹雪《ふぶき》に近かった。こまかな雪の粒が、横殴りに車体へ吹きつける。

無線が鳴った。

『地取りイチから捜本』

鳥越の同僚の声が流れてくる。

『有力なマル目《もく》を見つけました。東区若葉台《わかばだい》四丁目。マル被の生活圏とおぼしきエリアです。どうぞ』

『捜本、了解』

「四谷。おれたちも向かうぞ」

アルバムを閉じ、鳥越は言った。

「東区若葉台四丁目だそうだ。場所はわかるか？」

「任せてください。東区には高校時代の仲間がいるんで、庭みたいなもんです」

勢いよく四谷はハンドルを切った。

8

地取り一班が見つけた「有力なマル目」は、大いに役に立った。東区若葉台四丁目に住む中年男性で、供述もはっきりしていた。

「三十分ほど前、この男を車で轢《ひ》きそうになりました。まさかあいつ、通報したんですか? 冗談じゃない。向こうの飛び出しですよ。ドラレコを確認してください」

「ドラレコに映ってるんですか?」

「確認はまだですが、当然映ってるはずです。直接ぶつかったわけじゃないから見逃しましたが、訴えたいのはこっちのほうですよ」

「まあまあ、落ちついて」

憤然と詰め寄る男性を、地取り一班がなだめる。ちょうどそこに、鳥越と四谷が合流した。彼らは四人でカローラのドライブレコーダーを確認した。

「似てるな」

「ああ、似てる」

映像には、手配書の篠井湊人と一致点の多い男性が映っていた。クロスバイクで小路から飛びだした彼が、あやうくカローラとぶつかりかけたのだ。男性の怒声を無視し、逃げるように去っている。

「この場面、自転車の防犯登録シールが映ってません？」

四谷が液晶を指さす。

鳥越はカローラの持ちぬしを振りかえった。

「すみません。この映像いただいていいですか」

男性が了解するやいなや、ＳＤカードをはずす。その場で映像を、スマートフォンから科捜研へと送る。

路肩に停めた捜査車両の無線が鳴った。捜査本部からだった。

『マル被のＧＰＳが追跡可能になったぞ。野郎、電源を入れて誰かに発信したらしい。ただちに基地局を突きとめ、発信場所を割りだす。しばし待て』

鳥越は無線のマイクを握った。

「こちら敷イチ。マル被とおぼしき男を、近隣住民のドラレコより発見。人着《ニンチャク》は黒のダウンコート。紺のニット帽。ベージュの綿パンツ。黒のスニーカー。シルバーのクロスバイクに乗っている。映像は科捜研へ送った。どうぞ」

『捜本、了解』

マイクを戻すと、地取り班は男性への聴取をつづけていた。

「この男を、いままでに近所で見かけたことは？」

「さあ、どうでしょう。普段あんまり人の顔を見ないもので……。それにこのあたりはアパートが多くて、若い男が大勢うろちょろしてるから」

四谷が鳥越にささやいた。

「東区から『銀映座』までは三十キロ以上あります。クロスバイクでも一時間半はかかるでしょう。いや、冬道だからもっとかも」

「マル被は住民票を動かしていない。そのせいで運転免許の更新はがきが届かず、失効したのかもしれんな。となれば移動手段は電車、バス、自転車くらいだ」

彼に一時間半の道中をひた走らせたのは、やはり例の〝罪悪感〟だろうか――。鳥越は思案した。

ふたたび無線が鳴った。

『マル被の発信場所が判明。若葉台アンテナ基地局。エリアは正護市東区若葉台一丁目から四丁目周辺。時刻は約十分前』

目撃者と対峙《たいじ》していた捜査員が、後ろ手に親指を立てた。やったぞ、のサインだ。ドライブレコーダーの男が篠井湊人である可能性が、これでぐっと高まった。

さらに無線が鳴る。

『クロスバイクの防犯登録は、二年前に切れていた。しかし所有者は判明。登録住所は、正護市東区小福《こふく》町一丁目七番十六号――……』

「小福町なら、ここから車で十分かかりません」

「行くぞ」

地取り班に手で合図し、鳥越はアテンザに乗りこんだ。

クロスバイクの以前の持ち主は不在だった。だがさいわい、恋人と同棲《どうせい》中だった。

恋人にバイト先を教えてもらい、鳥越たちは彼が働くガソリンスタンドに向かった。

「え、クロスバイクですか？」

突然の来訪者に、彼は目を白黒させていた。

「あれなら前の職場にいたとき、同僚に譲りました。引っ越しに邪魔だったんで、五千円で売ったんです。え、盗まれたんですか？」

「その同僚の名前は？」

問いを無視して、四谷が問うた。

「ええと、小田崎くんです。下の名前は忘れましたが」

鳥越と四谷は目を見交わした。

ビンゴ、と視線で伝えあう。やはりドライブレコーダーに映ったのは、小田崎湊人こと篠井湊人だった。

「前の職場の情報をください」

社名と電話番号を聞きだし、四谷がすぐさま電話をかける。

小中学生向け学習教材の販売会社だそうだ。湊人がブログとSNSで、幾度となく愚痴っていたブラック企業である。

電話に出たのは、神経質そうな声の中年男だった。

「小田崎ですか？　あいつなら七日からずっと休んでます。無断欠勤ですよ。まったく近ごろの若いやつは、ちょっと怒鳴ったくらいで臍《へそ》を曲げて逃げやがるんだから、根性ってもんが……」

くどくどとまくしたてる男をさえぎり、四谷は湊人の住所を聞きだした。

――正護市東区若葉台二丁目六番十九号、あさひ荘二〇三号室。

無線で捜査本部に知らせると、地取り三班が応答した。

『こちら地取りサン。まさにその二丁目にいます。向かいます』

『捜本、了解。これから令状請求《レイセイ》をかける。地取りイチ、敷イチ、二丁目で合流し待機しろ。いいか、令状《フダ》が届くまで動くなよ』

『地取りイチ、了解』

「敷イチ、了解」

鳥越たちは命令を守り、あさひ荘の前に集結し、じりじりと待った。

だがその時間は、結果的に無駄だった。

二〇三号室に篠井湊人は不在だったのだ。室内には、ざっと荷物をまとめた跡があった。

また例のクロスバイクもなかった。

あさひ荘の大家は、八十代の女性だった。

「一丁目に娘がいてね、子守りを頼まれてたのよ。そしたら警察が来て『この人を知りませんか』なんて、うちの店子《たなこ》の顔写真を見せるもんだからさ。もうびっくりしちゃって……。帰ってすぐ、二〇三号室を訪ねて訊いたのよ。『さっきあんたのこと訊かれたけど、なんかやらかしたの？』って」

「なぜ警察に、正直に言わなかったんです」

地取り班の捜査員が詰め寄る。大家はぺろりと舌を出した。

「そりゃしょうがないでしょ。おまわりさんと店子だったら、店子の肩を持つに決まってるじゃない」

「あなたねえ……」

憤然とする捜査員を鳥越は押しのけ、

「お嬢さん。それは何時間ほど前のことですか？」と訊いた。

「あらぁ、いい男」

大家がてきめんに相好を崩す。

「そうねえ、確か大河ドラマのテーマソングが聞こえてきたから……。再放送だろうし、ええと、一時間ちょっと前？」

――ドライブレコーダーに撮られた時刻と一致する。

鳥越は内心でうなずいた。

大家のその言葉で、湊人は警察の捜査が自分に迫りつつあると知った。だから荷物をまとめ、クロスバイクで家を飛びだした。カローラと接触しかけたのは、逃げようと慌てていたせいだ。

「小田崎さんが行きそうな場所に、心当たりはないですか」

「さあねえ。あの人、無口だったから。自分のことはあんまりしゃべらない人だったわね。陰気なタイプよ」

捜査員はいったん車両に戻り、無線で捜査本部に報告した。

「ブログとSNSを読んだ限り、マル被には恋人も親しい友人もいません。母親はとうに亡くなり、唯一社会との繋がりと言えた職場もブラックでした」

宝田主任官の声が返ってくる。

『では自殺の見込みが高いな』

「そう思います。最後にGPSを確認できたのは三十分も前です。もしかしたら、母親の墓参に向かったかもしれません。ゆき子は実家の墓に入ったそうですから、捜本より最寄りの署に連絡願います」

『了解した。地取りイチ、敷イチ、地取りサンは現場に残れ。交番員とも連携を取り、引きつづきマル被を捜索しろ』

「了解です」

そう答えたはいいが、やはり行き先の目星は付かない。

ひとまず地取り一班が職場へ向かい、地取り三班が公民館をはじめとする放火現場をまわると決まった。

「では敷鑑一班は、『銀映座』の跡地へ行ってみる」

鳥越は言った。

「放火現場の中で、唯一離れた場所だ。クロスバイクしか足のないマル被には遠すぎる。やつにとって、なにか特別な意味があったのかもしれん」

行き先を捜査本部へ報告し、各班の車は走りだした。

鳥越を助手席に乗せたアテンザが、二度目の信号で右折レーンに入る。信号は赤だった。スピードを落として停車しかけたとき、フロントガラスのすぐ前を、黒いものがすうっと横ぎった。

鴉だった。

「うお、あぶねえ」

ぶつかるとこだった、と四谷が嘆息する。

その横で、鳥越は鴉が飛び去った先に目を凝らした。

「――四谷、右折はなしだ」視線を動かさずに言う。

「直進する。左のレーンに戻れ」

「はい？」

「いいから戻れ」

さいわい道は混んでいなかった。四谷がウインカーを左に出す。信号が青に変わって、直進レーンが空いたところで車線変更する。

「まっすぐでいいんですね？」

「しばらくまっすぐだ」

なかばうわのそらで、鳥越は答えた。目は前方だけをとらえていた。

五つ目の信号を通過したとき、ようやく目当ての建物が見えた。

指をさして叫ぶ。

「あそこだ。向かえ！」

立ち並ぶ屋根の向こうに、ショッピングモールの上半分が覗いていた。

おそらく三階建てだろう。屋上は駐車場になっており、その右端で鴉が群れ飛んでいる。

「見えるか、四谷」

「え、あ――、ああ、人だ！　人がいます」

誰かが駐車場の柵《さく》を乗り越え、いましも下に飛び降りようとしている。

シルエットからして男だった。黒のコート、ベージュのパンツ。黒の靴――。

「マル湊だ、急げ。ただし反対側から入れよ。刺激したくない」

「はい！」

四谷がハンドルを切った。左折して、ショッピングモールの敷地に入る。

周辺には、湊人を見上げる人だかりができつつあった。だがまだ、さほどの人数ではない。おそらくは彼があの柵を越えてから、五分と経っていないだろう。

通報が済んだかは不明だが、警察官も到着していない様子だ。

篠井湊人の背後側から、アテンザは静かに屋上駐車場のスロープをのぼっていった。

湊人まで五メートル弱の距離まで近づき、四谷が車を停める。

屋上駐車場の柵は、成人男子の胸ほどの高さだった。どうやって乗り越えたのか、湊人は柵の外側に立っている。

風が強い。横殴りの風で、湊人の髪が乱れてなびく。

柵の格子越しにも、湊人の足が震えているのが見てとれた。音をたてんばかりに、わないている。彼の頭上には、十数羽の鴉が旋回していた。

「なんだ、あの鴉」四谷が呻《うめ》いた。

「マル被が死ぬのを、待ってるんでしょうか。まるで、獲物《えもの》に群がるハゲタカみたいだ……」

違う、と言いたかった。だが鳥越はそうせず、

「おれが先に行く」

と言いざま、車を降りた。

「四谷、おまえは捜本へ無線連絡してから来い」

整然と並列駐車された車の間を、音もなく縫って駆ける。湊人から目算三メートルの距離で足を止め、鳥越は深く息を吸いこんだ。

「――篠井湊人だな？」

驚かせぬよう、なるべく穏やかに呼ぶ。

だが湊人の肩はびくりと震えた。

スローモーションのように、彼がゆっくり振りかえる。

その顔は、紙のように白かった。凍えるほどの寒さだというのに、脂汗の玉が額に浮いていた。

「早まるな。……いいな？　死んだって、なんにもならん」

鳥越は両手を上げ、敵意がないことを示した。

「生きて、その口で、言いたいことを全部ぶちまけろ。あんなSNSやブログだけでは足りん。おれたちがおまえを知るには、情報がすくなすぎる」

手を上げた姿勢のまま、彼に一歩近づく。

「来な……来ないで、ください」

湊人が呻くように言った。唇が紫いろだ。

こいつはこんなときでも他人に敬語を使うのか。鳥越は思った。さすがに憐憫《れんびん》を覚えた。

「きみがいやだと言うなら、これ以上近づかない。だが、話はしたい」

言いながら、また一歩近づく。

「きみだってそうじゃないのか？　黙って死ぬのがいやだったんだよな？　だから、すぐに飛び降りることができずにいたんだろう。話したいんだよな？」

鳥越の知る限り、犯罪者の大半はおしゃべりだ。

逮捕された直後からべらべらとしゃべる者がいる。何日も黙秘を貫いた末、〝落ち〟た瞬間から堰が切れたように話しだす者もいる。

共通するのは「自分をわかってもらいたがる」点だ。なぜ自分がこうなったのか、なぜ犯行にいたったのか、すこしでも警察に理解してもらおうとする。

——本来ならこの手の説得役は、おれ向きじゃあないがな。

ひそかに鳥越は内頬を噛んだ。

こうした役は取調官と同様、懐《ふところ》が深そうな五十がらみのベテラン刑事が適任だ。鳥越のような長身の色男は、同性の犯罪者に反感を抱かれやすい。強面《こわもて》のヤクザ相手なら反感も逆手に取れるが、いまはそんな局面ではなかった。

「話してくれ」

鳥越は繰りかえした。

鴉の群れは、いつの間にか飛び去っていた。

「意外だろうが、こう見えておれは聞き上手なんだ。きみの話を聞きたい。——そこは風が強いぞ。いまおれが行くから、動くなよ。じっとしているんだ」

背後に人の気配を感じた。

四谷だ。無線連絡を終え、捜査車両を降りてきたらしい。

鳥越は眼球の動きで「左から行け」と命じた。おれは右側からマル被を捕まえる。おまえは左だ、と。

四谷がうなずき、すり足でじりじりと進む。

「話す、ことは——……」

湊人があえいだ。

「あるけど、もう……話しても、無駄な気がします」

「そんなことはない」

鳥越は叫んだ。さらに一歩近づく。

「事情があるはずだ。きみが犯行に走るにいたった、やむにやまれぬ事情が。それをおれたちに説明してくれ。そうだ、手紙だ。手紙が来たんだよな?」

「手紙」

湊人の瞳に、光がともった。

「そうです。父から、手紙が届きました。消印も、切手もない手紙——。父さん。父さんは、まだ怒ってるんだ」

血の気のない頬が、くしゃりとゆがむ。

「父さん。……おれは今度こそ、父さんの望む、いい子になりたかった。ずっと、悔やんでいたんだ。おれがもっといい子だったら、か、家族は、ばらばらにならずに済んだ。ごめんなさい、父さん……」

「いや、違う」

鳥越はさえぎった。

「おれの両親も、おれが幼い頃に離婚した。だからわかる。親の離婚や不仲に、子どもが責任を感じる必要はないんだ」

口調に熱がこもった。なかばは己に向けた言葉であった。

「おれたちは幼かった。親に対し、あれ以上できることはなかった。きみのケースならば、なおさらだ。……手紙は、どうしたんだ？」

「燃やし、ました」

湊人がうつろに答える。

「神社に火をつけたとき、焚《た》きつけに使いました。……父の、意思です。父がおれに、そうしろと……」

語尾をサイレンがかき消した。

パトカーのサイレンだ。次いで消防車のサイレンが重なる。湊人の真下で停まる気配がした。

畜生、と鳥越は舌打ちした。

――刺激しないよう、サイレンは鳴らさず近づけよ。馬鹿が。

どうやら到着したのは、下の野次馬に通報された警官隊だ。管轄区域外のせいか、北署の捜査本部とうまく連携が取れていない。

集まるパトカーや消防車が見えたのだろう。湊人の目もとが引き攣れた。

「篠井」

鳥越は声をかけた。

だが、振りむかない。湊人の目は真下を見つめている。

鳥越はかたわらの四谷を見やった。気づけば、地取り班の捜査員たちも屋上に到着していた。みな、一様に顔を強張《こわば》らせている。

湊人の一番近くにいるのは四谷だった。うまく湊人の死角にまわりこみ、あと一メートル足らずのところまで近づいている。

地取り班の若手も、四谷を援護するように、いつでも駆けだせる姿勢を取っていた。

サイレンが鳴りつづけている。

「篠井。話そう。もっと聞かせてくれ」

だが声は、風とサイレンにかき消された。

早くサイレンを切れ、馬鹿野郎。鳥越は唇を噛んだ。

神経にこたえるこの音が、柵の向こうに立つ湊人の耳にどんなふうに響くか――。わがことのように、ひりひりと感じた。

「篠井」

「……知ってます」

湊人が振りかえった。泣きそうにゆがんだ顔だった。

「知ってます。手紙なんか、ほんとは来なかったんだ。そうですよね？　全部――全部、おれの妄想だった。ああ、くそ。……生まれてこなきゃよかった」

「篠井。篠井、待て」

鳥越は呼びかけながら、四谷を見た。四谷の人相が変わっていた。蒼白で、別人のように目を吊りあげている。

サイレンがぴたりと止んだ。パトカーも消防車も両方だ。

代わりに冷えた風がごうっと鳴った。

湊人の体が、大きく傾《かし》ぐ。

「篠井――」

湊人の頰の線がゆるむのを、鳥越は見た。

その唇が音もなく動く。ごめんなさい、と読みとれた。

「四谷！」

鳥越は叫んだ。

弾《はじ》かれたように四谷が走る。

同時に湊人の足が、屋上の縁を蹴った。一瞬、四谷の手が湊人の頭髪を摑む。

だが手に残ったのは、ちぎれた髪だけだった。

十メートルほど下で、なにか柔らかいものが、固いものに当たって弾ける音がした。

悲鳴が湧《わ》いた。

「四谷、見るな！」

北署の署員が怒鳴った。

おそらく四谷の先輩だろう。呆然《ぼうぜん》としている四谷に駆け寄り、力まかせに彼を柵から引き戻す。

「下を見るな！　……おまえのせいじゃない。おまえは、よくやった。……やれるだけのことはやった。しかたないことだ」

真下では、悲鳴とざわめきがやまない。

——ごめんなさい、か。

鳥越は反芻《はんすう》した。

最後の最後まで、謝りどおしの人生だったな——。

そう思うと、自然と口もとがゆがんだ。

そして、四谷に真っ先に声をかけられなかった、己の欠落を思った。陽気な仮面をかぶりながらも、人と馴染みきれない男。鴉にしか気を許せない男——。

——火に生きるしかなかった男と、はたしてどこが違うのだろう。

四谷はまだ呆然としていた。先輩の刑事に抱えられ、ぼんやりと宙を見ている。その手はいまだ、ちぎれた篠井湊人の頭髪を握っていた。

白い息を吐き、鳥越は空を仰いだ。

雪まじりの北風が、屋上に立ちつくす捜査員たちの体を、容赦なく叩いた。

9

重い体を引きずるように、全員で捜査本部に引きあげた。

時刻は午後六時を過ぎていた。宝田主任官も鍋島係長も、苦りきった顔つきである。目の下が一様にどす黒い。

一連の放火犯はこれで判明した。事件は解決した。

しかし逮捕できず、被疑者死亡の結末に喜びはない。残るのは、肩にのしかかる疲労のみだった。

「篠井湊人が住んでいた、あさひ荘二〇三号室を捜索しました」

地取り二班が手を挙げて報告する。

「本棚には漫画雑誌が数冊と、犯罪関連の本が六冊。どの本も、放火に関するページの端が折ってありました。指紋を拭《ふ》き消すなど、前歴がないわりに手口が周到だったのは、これらの本で学習したせいかもしれません」

「死ぬ直前の篠井の発信は、ＳＮＳへの投稿でした」

科捜研の研究員がつづけて発言する。

「投稿したメッセージは『父さん、ごめん』の一語のみです。この発信がもとでＧＰＳをたどり、基地局エリアを割りだすことができました」

――これで幕引きか？

鳥越は前髪をかきあげた。

あっけなさすぎる。しっくりこない。

だが確かに篠井湊人は、自供して死んだ。「神社に火をつけたとき、焚きつけに使いました」とその口ではっきり告げた。ＳＮＳの内容も、彼の犯行を裏付けるものばかりだった。

ＩＲ誘致賛成派へのいやがらせだけは、彼の仕業ではなかった。しかしこちらも、斎藤清次郎の犯行として解決済みである。

――なのになぜおれは、違和感を拭《ぬぐ》えずにいる？

そう自問したとき、

「トリ、ご苦労だった」

鍋島係長に肩を叩かれた。

「すっきりしない気持ちはわかる。だが、今夜はゆっくり休め」

上司の目は見ず、鳥越は「はい」と首肯した。

その夜は主任官の簡単なねぎらいを機に、一同は無言でぱらぱらと散った。

無事に被疑者を逮捕しての解決ならば、祝勝会に繰りだすところだ。しかし、とうていそんな空気ではなかった。

鳥越は目で四谷を探した。だが彼の姿はなかった。どうやら正護北署の上司が、彼のショックを慮《おもんぱか》って早めに帰したらしい。

ふっと息を吐き、鳥越も捜査本部を出た。

コンビニで発泡酒と弁当を買い、アパートに帰宅した。

買ってきたものを袋ごと冷蔵庫に突っこみ、エアコンを点ける。風呂場《ふろば》へ向かい、バスタブの蛇口をひねる。

バスタブに湯を張るのは数日ぶりだった。シャワーを浴びるのすら三日ぶりである。髪を念入りに二度洗い、体を擦《こす》っているうちにバスタブの湯が溜《た》まった。体の芯《しん》がぬくもるまで、目を閉じて浸かった。

部屋に戻ると、エアコンがほどよく効いていた。

冷蔵庫を開け、発泡酒を取りだす。弁当はレンジで適当に加熱した。

腰を落ちつけようとしたとき、こつ、と音がした。

外からガラスを叩く音だ。

鳥越は立ちあがり、カーテンを開けた。掃き出し窓の向こうに、雄のハシブトガラスがいる。歓楽街のボス鴉だ。

「よう。遊びに来たか」

鳥越は掃き出し窓を開け、ボス鴉を入れてやった。

皿に水を用意し、コンビニ弁当の蓋《ふた》に、玉子焼きなどを選《よ》り分けてやる。

「事件は解決したぞ。……まあ、食えよ」

言いながらあぐらをかき、発泡酒のプルトップを開ける。美味《うま》そうに水を飲みだす鴉を眺め、鳥越は缶の半分ほどをひと息に飲んだ。

「捜本は、明日か明後日には解散するだろう。おれは本部に引《カイシャ》きあげる。……おまえらの街に行く暇はなくなるが、元気でいろよ」

鴉が首をもたげ、彼を見つめる。

鳥越は眉を曇らせた。

「……もしほんとうにIRが誘致されたら、おまえらのねぐらはどうなるんだろうな。

『バー・ジャルダン』のママいわく〝お偉いさんは、歓楽街を観光客用に一新する気〟だそうだが……。残念ながら、警察はそこに切り込む権限はない。すまんな。中途半端な幕引きになりそうだ」

鳥越は発泡酒を呷《あお》った。

すきっ腹に飲んだせいか、早くも眠気がこみあげる。生あくびを噛みころし、

「すまん」

と鳥越はいま一度謝った。

応《こた》えるように、ボス鴉が短く鳴いた。


ボス鴉を帰してから、鳥越はクッションを枕に三十分ほど床で眠った。

目覚めると、嘘のように頭がすっきりしていた。冷めた弁当の残りを食べ、氷水を飲むと、さらに思考がクリアになった。

「やはり、寝ないと駄目だな……」

ひとりごちながら、髭の伸びはじめた顎を擦る。

落ちる寸前の、湊人の瞳を思った。怯《おび》えで濡《ぬ》れた眼差しだった。最後の瞬間まで、父に謝りつづけていた。

鳥越は氷水を飲みくだした。

——やつに届いた手紙は、ほんとうに妄想の産物だったのか？

だとしたら、ＳＮＳに上げられたあの画像はなんだ？　湊人本人が書いたのか？　それをスマホで撮って、わざわざＳＮＳにアップロードしたというのか？

——ただの妄想なら、現物まで用意する必要はないはずだ。

むろん湊人の別人格が手紙をしたためた、という可能性はある。

湊人の成育環境は過酷だった。多重人格を否定する精神医学者は多いが、鳥越はその限りではない。人生の残酷さに耐えきれず、脳が人格を分裂させた人間がいたとしても、とくに不思議は感じない。

——だが、どうもわからん。

つぶやいて、鳥越は鞄を引き寄せた。

三宅姉妹のアルバムを取りだす。ゆっくりと、一枚一枚めくった。四谷が付箋を付けた以外の写真にも、丹念に目を凝らす。

その視線が、一枚の写真で止まった。

鳥越はその写真をスマートフォンで撮った。メールで「この子を知ってるか？」と打ち、画像を添付して送る。

送信先は『バー・ジャルダン』のママだった。

返信を、鳥越はじりじりと待った。

10

閉店時刻をとうに過ぎたショッピングモールは、凍えた闇《やみ》に包まれていた。

駐車場の出入り口はチェーンで閉ざされ、人気《ひとけ》もなく静まりかえっている。

数時間前までは煌々《こうこう》と灯り、各テナントの店名を輝かせていたライト看板も、いまは真冬の風雪に叩かれるばかりだ。

無人の駐車場に、しゃがみこむ人影があった。

篠井湊人が頭から落下した、まさにその地点である。

規制線のテープはとうに撤去された。しかし血と体液の染みはまだ生々しい。数日、いや数週間経たねば、完全には消えないだろう染みだった。

身長からして、人影は男だった。

腰を曲げ、地面に顔を近づけて、その一帯を歩きまわっている。

なにかを探すような、もしくはそこになにもないことを確認するかのような、執念を思わせる姿勢だった。

「――なにもありゃしませんよ」

足音を忍ばせるのをやめ、鳥越は声をかけた。

人影の背がぎくりと強張る。

「その現場にはもう、なにもありゃしません。警察官《サツカン》として保証します。なのにいったいぜんたい、こんなところでなにをしてるんです？」

ふっと鳥越は微笑んだ。

「なぜそんなに不安なんです。うまくやった、と思っているんでしょうに」

人影が背を伸ばした。

こちらに背を向けたままだ。ぶ厚いコートを着ていても、すらりとした体形はシルエットでわかる。

「――あなたですね」

鳥越は言葉を継いだ。

「篠井湊人に、〝燃やしてみろ〟と書いて送ったのは、あなたですね？」

人影は身動きひとつしなかった。

風が音をたてて、彼らの足もとを吹き過ぎた。

「篠井のSNSを読むに、あなたは何度かアプローチを変えて彼に接触した。そして篠井印刷会社の便箋を用い、〝燃やしてみろ〟の言葉を使ったことで、ようやく彼は動いた。篠井父子《おやこ》をある程度知っている人でなければ、できないことです」

スマートフォンを操作し、鳥越は彼に突きつけた。

「そして、これもあなただ」

液晶には六、七歳の少年の画像が表示されていた。

三宅姉妹のアルバム写真を撮ったものだ。

本来の写真は、手前に三宅美園の姉が写っていた。しかしいまは、背後にいた少年のみが大写しになっている。

画像の粒子はもちろん粗い。だが顔立ちがわからないほどではなかった。

「それからこっちが、小学校の入学式の親子集合写真。あなたの顔は、うまいことピンボケだ。しかし保護者として出席したお祖母《ばあ》さまは、はっきり写っている」

そう鳥越は言ってから、

「亡くなったあなたのお祖母さまとお母さまを覚えている人間が、少数ながらまだ生きています。その方から、お話を聞いてきましたよ」

スマートフォンをポケットにしまった。

「だいぶ渋られましたがね、『旧比多門の歓楽街の灯を消していいのか』と迫ったら、重い口をひらいてくれました。あの年頃のご婦人を責めるのは心苦しいが、捜査のためならしかたない」

その〝ご婦人〟が『バー・ジョルダン』のママの実母であることは、さすがに口にしなかった。

母子家庭で父性に飢えていた、と、かつてママは鳥越に語った。

ママの実母も、やはり旧比多門町の歓楽街でスナックを経営していたのだ。現在は九十歳近いが、町の裏社会の生き字引と言っていい女性であった。

「――あなたのお母さまは、日陰の女だった」

鳥越はつづけた。

「それを自覚し、晴れ舞台には徹底して姿を見せなかったようですな。あなたの入学式に出席しなかったのも、そのためだ。学校関係者には、極力顔を見せぬよう心がけていた。だが唯一の例外があった。――小学校が、燃え落ちた夜です」

「………」

人影の肩が、かくりと落ちた。

「幼いあなたは小学校が火事だと知り、じっとしていられず、家を飛びだした。お母さまはそのあとを追った。追わずにはいられなかった。そんなお母さまを、はっきりと目にした人がいる。当時、あなたの担任教師だった辰見敏江先生ですね？」

鳥越は尋ねた。

人影が、ゆっくりと振りかえった。

「だからあなたは、辰見敏江を殺したんですか？　だが、わからないな。なぜいまになって殺す必要があったんです？　あなたの母親は、とうに日陰者ではない。それどころか、元町長夫人として悠々自適の暮らしだ。過去を知る辰見敏江に、強請《ゆす》られでもしたんですか？」

「馬鹿な」

ようやく人影が声を発した。

「馬鹿なことを。――辰見先生は、そんな人じゃない」

「だが、あなたは彼女を殺した」

鳥越は静かに言った。

「篠井湊人を焚きつけ、決まった曜日に『銀映座』に通う習慣があった彼女を、焼き殺させた。強請られていたんじゃないなら、あなたの一方的な被害妄想かな？　当時のあなたを知る人間が、まだ存在していることが耐えられなかった？」

その問いに、人影は直接答えず、

「辰見先生は――運が、悪かった」

唸るように言った。

「辰見先生は、おれの担任だった。一年生のときも、六年生のときもだ。あの人以外の教師はみんな異動していた。誰もいなかった。おれが戻ったとき、辰見先生は、おれだとわかっていたはずだ。だが、なにも言わずにいてくれた。そういう人だ。いい人なんだ」

「なのに、殺した」

刻みこむように鳥越は繰りかえした。

「あなたは比多門第一小学校に入学したものの、あの火事の直後に転校した。在籍していた期間は、どれくらいです？」

「たった四日、だ」

人影が答える。別人のように口調が崩れていた。

「おれは、幼稚園にも保育園にも通えなかった。日陰の存在だったのは、母じゃない。おれが――おれこそが、日陰だったんだ。学校に行けるとわかったときは、嬉しかった。なのにその学校は、一週間と経たず燃え落ちた」

「しかし、プラスの面もあったはずです」

鳥越は言った。

「あなたの父親はその火事を機に、はじめてあなたを自分の籍に入れようと考えた。もし発火の時間がずれていれば、あなたが危険だったのだと知り、ようやく父性に目覚めた。正妻との間に、子がいないことも大きかったでしょう。

ともあれ、そのおかげであなたはいったん町を出られた。姓もなにもかも変え、人生を一変させた。のちに篠井湊人が味わう境遇を、あなたは五年も先に体験した。あなたとお母さまは、やっと〝日陰者〟ではなくなった」

「火事のすこし前に、祖父が死んでいたことも、大きいんだ」

苦い声で、人影は呻いた。

「もし祖父が生きていたら、親父だって思いきったことはできなかったさ。祖父が死んで、祖母を田舎に追いだして……。それで、ようやくかなう反則技だったんだ、親父がやったことは」

「あなたのお祖母さまと、お母さまは」

　鳥越は言った。

「二代つづけての愛人だったそうですね。秋月家の男たちの」

　人影の――秋月慧の顔が、目に見えてゆがんだ。

「……くそったれだ」

　低く彼は吐き捨てた。

「母は、いまの自分の境遇に満足している……。それどころか、感謝さえしている。馬鹿馬鹿しい。やつらの食いものにされただけじゃないか。自分の意思もへったくれもなく、好きでもない男たちの愛人にさせられ、おれという子を産まされた――。信じられるか、十代からだぞ？」

　顔を上げる。

　その眼球は、別人のように血走っていた。

「母は十代で、親父のそのまた親父の愛人にさせられた。あの爺《じじ》いは、祖母を愛人にしながら、その娘をも提供させた。やつは祖母と母を、ベッドに二人並べて抱きやがったんだ。おまけに母を、自分の息子にもあてがった」

「その結果、生まれたのがあなたですね」

　鳥越は声を抑えた。

「日陰者として生まれ落ちたあなたは、幼稚園にも保育園にも通えなかった。だがさすがに、義務教育は受けないわけにいかない。入学式には母親でなく、祖母が行くことでなんとか折り合いをつけた。だが小学校が焼け落ちたことを機に、あなたは正式に父の籍に入ることになった。そして背が伸び、かつての面影があらかた消えた頃、二世議員の未来を歩むべく、あなたは地元へと戻された」

「……辰見先生の件は、ほんとうに、誤算だったんだ」

秋月があえいだ。

「たった四日、学校に在籍していただけのおれだ。辰見先生でなければ、覚えてなどいなかっただろう。まさか、またあの人が担任になるだなんて――。不幸な偶然だったんだ」

言いわけする彼を無視し、

「あなたの名前が気になっていたんです」

鳥越は告げた。

「名刺で見たときは、気にならなかった。だが慧と書いて〝さとい〟と読ませると知って、違和感を覚えた。二世議員に、読みづらい名や奇抜な名はほぼいません。子どもをいずれ政治家にと考える親は、有権者に覚えてもらいやすいよう、〝太郎〟や〝一郎〟といった平易な名前を付けるのが慣例です。愛人の子として生まれたあなたは、政治家になると想定されていなかったんですね？」

「……親父の姓になったとき、名前の読みかたも変えようか、と言われたよ」

秋月が声を落とす。

「だが、おれが拒んだ。名前まで失くすのは、いやだったんだ。それまでの自分が、すべて否定される気がして」

彼はかぶりを振った。

「小学一年次の名簿や書類は、あらかた学校の火事で燃えてくれた。連絡網だのなんだのは、まだ配られていなかった。おれの痕跡は、せいぜい入学式の集合写真くらいのものだ。しかもあの頃は、まだ母の姓だった。幼稚園にも保育園にも通っておらず、ほとんど人前に出ることがなかったおれを、覚えている者などいなかった」

「実際は、ごく少数ながらいたんですよ。みんなあなたの父親の圧力を恐れて、口にしなかっただけだ」

鳥越は肩をすくめた。

「おまけに旧比多門町には、篠井一家という格好のスケープゴートがいた。よしんば旗色が悪くなっても、矛先を彼らにずらせば、町民の耳目は簡単にコントロールできた。南区長という、頼れる存在もいましたしね?」

口調に皮肉を滲《にじ》ませる。

「……秋月さん。IR誘致賛成派と、陰でもっとも親密に繋がっているのは、あなただそうですね」

言いながら鳥越は、『バー・ジャルダン』のママの言葉を思いかえしていた。

――〝IRができたら飲み屋街も潤う〟ってみんな言うけどさ。嘘よ。大嘘。

——誘致派はこの薄汚い飲み屋街をぜーんぶ潰《つぶ》して、観光客用に一新する気なんだから。

「反対派のふりをして、陰でこの町を売りわたす約束をしていた。なぜならあなたは旧比多門町を、とりわけあの歓楽街を嫌っている」

「嫌いで、悪いか」

　秋月が歯を剝いた。

「七歳になるまで、おれは母と、あのじめじめした歓楽街のビルの一室で暮らした。いや、あれは暮らしなんてもんじゃない。幽閉同然だった。カーテンを開けて陽射《ひざ》しを浴びることにさえ、毎日びくびくしなきゃならなかった。あんなくそったれな飲み屋街、全部燃えちまえばいい。いや、跡形もなく消えるべきだ」

「おれの知ってるキャバ嬢は、あなたのことを『歓楽街にいる、子どものおばけ』と聞かされて育ったそうですよ。ところで篠井湊人が帰ってきたと、あなたはどうやって知ったんです？」

　鳥越は問うた。

　秋月が顔をそむけて答える。

「……おれの後援会長の息子が、東区に住んでいるんだ。あそこはおれの選挙区じゃないが、親父の知り合いが山ほどいる。市議会議員ってのは、あんたらが想像するより、住民の個人情報を押さえられるんだ。あそこの大家からフルネームを聞かされ、やつだと確信したよ」

「篠井印刷の便箋は、どこから入手しました？」

「後援会員の遺品をボランティアで整理したとき、倉庫から出てきた。そのときはまだ、篠井が戻ってきたとは知らなかったがな……。なにかに使えるだろうと思って、もらっておいた。地名を変えても、この町はまだ〝篠井〟の名さえ出せば簡単に恐れおののいてくれるんだ。ちょろいもんさ」

「〝燃やしてみろ〟の台詞《せりふ》は、篠井湊人本人から聞いたんですね？　あなたと篠井は小学生の頃、仲がよかった」

「ああ」

秋月はうなずいた。

「吉春に頼まれたから仲良くした――と言ったが、あれは半分ほんとうで、半分嘘だ。あいつの気持ちがわかる生徒は、校内でおれだけだったろう。おれほどじゃあないが、あいつの育った環境もひどいもんだった」

「〝燃やしてみろ〟というのは、生前の篠井一平が、息子の湊人にかけた言葉だったんですか？」

「そうだ。一平は酒に酔うたび、『おまえのツラは親父そっくりだ。ほら、燃やしてみろ。おれが憎いだろ？　燃やしてみせろ』とあいつを怒鳴り、ライターの火を顔に突きつけた。篠井湊人本人が、泣きながらおれに愚痴ったんだから確かさ。あいつらは、どこまでも火に憑かれた一家だった」

「その篠井湊人を使って、あなたは古い公民館や映画館、神社、歓楽街などを火事で一掃しようとした。目当ては金ですか？　カジノを有する商業施設を誘致し、がっぽり中抜きすることでしたか」

「それもある」

秋月は薄く笑った。

「……だがそれ以上に、いい機会だと思った。おれは来期か来々期か、県政選挙に打って出るつもりだ。IR誘致の計画を聞いたときは、これだ、と膝《ひざ》を打ったよ。本格的な表舞台に出る前に、この汚らしい町を一新させ、過去を完全に消し去ることができると思った」

「しかし思いのほか、反対派が強硬だった——？　辰見敏江と斎藤清次郎を殺したのは、そのせいですか」

鳥越は言いつのった。

「辰見敏江は誘致反対派の代表者であり、あなたの過去を知る人物でもある。斎藤清次郎も、賛成派に怪文書を送るほどに過激な反対派だった。いままでは無害だった彼らが、あなたにとっては一転して厄介者になったわけだ」

「何度も言うが、……辰見先生は、不運だった」

はじめて秋月の歯切れが悪くなった。

「だが、彼女を永遠に黙らせられるチャンスだとは思った。……先生も、いい歳だ。認知症にでもなって、おれのことをべらべらしゃべりだすんじゃないかという恐れは、つねにあったんだ」

「認知症。それだ」

鳥越は指を鳴らした。

犬歯を剝き、わざと笑ってみせる。

「そのワードを、やっと口にしましたね。そう、あんたが一番恐れたのはそれだ。あんたの実父は、六十代にして中等度の認知症らしいじゃないか」

秋月の顔が、夜目にもはっきりと青ざめた。

「あんたはいつぞや言った。『父はわたしの立場を慮ってか、いまは表舞台に出ることはありません』と。ひかえめなわけじゃあない。実際は認知症で、人前に出られないんだよな？　そんな父を見てきたからこそ、あんたは不安になった。辰見先生だって、いずれこうなるのでは？　父のようになにもわからなくなって、秘密をぼろぼろ垂れ流す日が来るのではないか？　……とね」

――IR誘致を訴えるのがダーティな議員だったら、説得力に欠ける。父はそこをよくわかってるんです。

かつて吉春が言った台詞だ。

そのとおりである。IRを誘致し、かつ国政選挙に打って出るため、秋月は己のクリーンなイメージを保っておく必要があった。

必要だったのは、すべてイメージだ。裏社会に彼の過去を知る者がいようが、表面的なイメージさえ保てればそれでよかった。だが辰見敏江は、彼のイメージを損なわせるに充分な地位の人物だった。

——辰見先生は不運だった、か。確かにそうだ。

鳥越は空をちらりと見上げた。

秋月の頭上に、鴉が集まりつつあった。鳴き声はたてず、ゆっくりと夜空を旋回している。見る間に数が増えていく。

しかし秋月は、気づいていなかった。

目の前の鳥越だけを見ていた。

「あんたは、この町を出るべきだった」

鳥越は冷ややかに言った。

「成人したなら、親父なんぞ捨てて別天地で暮らすべきだった。なぜ後を継いだ。なぜ言いなりに、議員になったんだ」

「親父はどうでもいい」

秋月が吐き捨てた。

「だが——、だが、母のそばは離れられん。弱い人なんだ。おれがいなくなったら、父方の親戚どもにいいようにされるだけだ」

叫ぶように言うその目が、潤んで光っていた。

「ああそうだ。篠井もおれも同じさ。どんなに憎んでいても、恨んでいても、生まれ故郷から離れられない。あんたみたいな人間には、わからないだろうがな」

――いや、わかるさ。

内心で鳥越は答えた。

すべてではないが、秋月の気持ちは理解できる。父を恨みながらも、父と同じ警察官になったおれにはわかる。

「自首しろ」

低く、鳥越は言った。

「母親が大事なんだろう？　家に令状で踏みこまれる無様をさらす前に、自首しておけよ」

「……いやだと言ったら？」

「言えないさ」

鳥越は短く歯笛を吹いた。

次の瞬間、すさまじい羽音が夜気を覆った。鴉だった。大群だ。

頭上を旋回していた群れが、鳥越の肩の高さまで降りてきていた。彼と秋月のまわりを、声もなく飛びまわる。

五十羽か、六十羽か、それともその倍か――。数えきれぬほどの黒い影であった。

秋月が悲鳴を上げた。

頭を抱え、その場にしゃがみこむ。

「あんたが歓楽街から追いだそうとしていた、古い〝住民〟たちだ。みんな、あんたにそうとう文句があるようだぜ」

小気味よさそうに鳥越は言った。

秋月が地面の空き缶を拾い、なにごとか喚きながら投げつける。

だが鴉には当たらなかった。

逆に「があっ」と威嚇音《いかくおん》を立てられ、秋月は身をすくませた。

「なにを投げようが無駄だ」

鳥越は肩をすくめた。

「仮に一羽や二羽殺せたところで、ほかの十羽があんたとあんたの家を襲う。その十羽を殺しても、翌日は二十羽が仕返しに来る。もし二十羽を殺せたとしても、翌日には五十羽が来るだろうよ」

鴉たちはいまや、秋月のまわりだけを旋回していた。視界を塞《ふさ》ぐほどの大群だった。

口々に鴉がたてる威嚇音が、秋月の聴覚を奪う。

「鴉ってのは、物覚えがよくて執念深いんだ。おれと同じさ」

羽音の向こうで、鳥越はせせら笑った。

「鴉たちが諦めるのが早いか、あんたの大事なお母さまが病んで音を上げるのが早いか。……どうだ、根競べしてみるか？」

あたりを包む闇はどこまでも黒く、凍《い》てついていた。耳朶《じだ》が痛むほど冷えた冬の夜闇の中を、無数の黒い羽が飛びまわる。その羽が、体が、ときおり秋月の頭や肩をかすめる。

地にしゃがみこむ秋月を、しらじらと星が見下ろしていた。

11

秋月慧が正護北署に自首したのは、翌日の朝であった。

真夜中に度を失って帰宅した彼は、すべてを母にぶちまけた。夜どおし説得され、その母に付き添われて自首したのである。

母以外には誰にも洩らさず来たそうだ。無理もあるまい。二世議員の放火教唆となれば、地元を揺るがす大ニュースであった。

対応した刑事に、秋月は「鳥越さんに自首しろと言われた」と洩らしたらしい。

だが「鴉がどうこう」とはさすがに言わなかった。よしんば口にしたところで、心神耗弱状態と思われるだけだ、と鳥越は踏んでいた。

「やったな、トリ」

興奮で顔を上気させた係長が、彼の背を叩いた。

「いつの間に、どうやってやつを落としやがった。おまえにはいつも驚かされるぜ」

「たまたまですよ」

鳥越は微笑んだ。

「この町でいい情報屋に会えたんです。おれくらい美しいと、情報屋にまでモテちまうから困る」

「こいつ」

係長が、顔をくしゃくしゃにして小突いてきた。

お通夜のようだった捜査本部は、一転して祝勝ムードに湧いた。無理もなかった。実行犯こそ死なせたものの、本丸の教唆犯を逮捕できたのだ。取調官には、捜査一課のベテラン捜査員が当たると決まった。

「鳥越さん」

四谷も駆け寄ってきた。

「驚きました。まさか秋月議員が……。いつからあやしいと思ってたんです？」

「いや、秋月だと確信したのは昨夜だ。じつを言うと、ぎりぎりまで南吉春のほうを疑っていた」

嘘ではない。鳥越にしては珍しい本音であった。

「相棒のおまえを差しおいて、悪かったな」

「いえ、そんな」

四谷は鼻を赤くしていた。

「そんなことないです。ほんとうに、勉強になりました。鳥越さんと組めてよかったです」

「おいおい、もう終わったみたいに言うな。秋月の取調べはこれからだぞ」

鳥越は苦笑した。

「殺人教唆で起訴できるかは、検察の判断次第だがな。どっちにしろ、おれたちには山のような書類仕事が待ち受けている。このまま解散なら、おまえらに事後処理を押しつけて本部に戻れたのにな。われながら、失敗したぜ」


その夜は鍋島係長の音頭で、〝自称若手捜査員のみの祝勝会〟がひらかれた。むろん自称なので、五十代後半だろうが参加自由な飲み会である。

幹事は四谷が引き受け、店は鳥越がチョイスした。『バー・ジョルダン』のママおすすめの、「刺身も焼き鳥も土手煮も、まんべんなく美味《おい》しい三ツ星居酒屋」であった。

「おいトリ！　今夜のＭＶＰ！　飲んでるか！」

早くも顔を赤くした鍋島係長が、ジョッキ片手に大声でがなる。

「飲んでますよ。ご安心を」

「そうれすよ鳥越さあん！　飲んれますかぁ！」

耳まで真っ赤になった四谷が、両手を広げて襲ってきた。すでに呂律《ろれつ》があやしい。

「飲んでる飲んでる」

「ちょ、なんで水割りなんれす。せっかくお酌しに来たのに。ビールか日本酒、いってください よ」

「いやいや、おれがおまえに酌してやるよ。たーんとお飲み」

「ありがとうごらいます。ところで、例の合コンの件、信じていいんれすよね？」

「ああ信じろ。話は通してある」

「鳥越さんも来まふね？」

「行けたら行く」

「ちょっとぉー、それ絶対来ないやつじゃないすか。なんでそうやって、来ないフラグびんびんに立てちゃうんすかー」

絡み酒の四谷は、ものの十数分で無事に酔いつぶれた。

あたりが静まるのを待ち、鳥越はグラスを持って、水町未緒のテーブルに移動した。

「よう」

「お疲れさまです」

「お疲れ」

ねぎらいあって、かるくグラスを打ちつける。

「……で、伊丹くんはどうだった」

カルパッチョの皿に残った鯛《たい》を箸でつまみ、鳥越は訊いた。

「元気にしてたか？」

「元気でしたよ。というか、鳥越さんだって彼に会ったでしょう?」

「会ったことは会ったが、ろくに話せなかった。まだ腹を割って話せる空気じゃあなかった。おまえとは、彼はどうなんだ?」

「大差ありませんよ」

水町が苦笑する。

「彼はわたしとも、いまひとつぎこちないです。……いっときよりは、ずいぶんマシですけどね。すこしずつ、上向いてきたところです」

「そうか」

鯛を口に入れ、鳥越はうなずいた。

「それならいい。元気で、おまえと別れないならいいんだ」

美味い鯛だった。『バー・ジョルダン』のママが推薦した店だけあって、新鮮で甘い。ねっとりした弾力があって、噛みしめるごとに旨味《うまみ》が滲む。

「あいつには、おまえが必要だからな」

水町が、ふっと笑った。

「いい兄貴ですね。鳥越先輩」

「そう思うか?」

「はい」

「なら伊丹くんに、せいぜいおれの存在をアピっといてくれ。おれがいい先輩でいい男だと、ことあるごとに吹きこむんだ。今後おれが彼と再会できるかは、おまえの双肩にかかっている」

「やだあ」水町が顔をしかめる。

「プレッシャーかけるの、やめてくださいよ。鳥越さんのこと尊敬してますけど、そうい

うとこですよ。ほんとそういうとこ」

無礼講全開な水町に、鳥越は思わず笑った。

まだしも警察官でよかった、と思うのはこんなときだ。

事件解決後の祝勝会には、むせかえるほど濃密な〝仲間〟の空気が満ちている。おれも

人《ヒト》の群れに交じれている、と実感が湧く。

「あ、鳥越さんグラス空きそうですね。次なに飲みます？」

「同じので。おまえは焼酎だな？」

「いえ、そろそろ烏龍茶《ウーロンちゃ》にします」

「却下」

「なんですかそれ。烏龍茶にしますってば」

「却下だ。焼酎いけ、後輩」

「ちょっとぉ、それパワハラです！」

むくれる水町の肩越しに、十数回目の「乾杯！」を唱和する捜査員たちが見えた。昨日

の消沈ぶりが嘘のように、酔いで顔をてらてら光らせている。

店内は炭火の煙と客の熱気がこもり、汗ばむほどだった。
曇ったガラスと格子戸の向こうで、北風がごうっと唸った。

エピローグ

「おまえというやつは！」

父親の怒声とともに、拳《こぶし》が振ってくる。

拳はまともに頬《ほお》に当たった。まだ十二歳の湊人は、体ごと壁まで吹っ飛んだ。

「おまえというやつは……、なんて恐ろしいやつだ。やっぱりおまえは、親父の血を引いている。……火に憑《つ》かれた、化けものだ」

床にずるずると倒れこみながら、湊人は知った。

――どうやらぼくは、また間違えたらしい。

父が「燃やしてみろ」と言うから、言うとおり燃やしたのに。夜中に自転車を駆って、父が大嫌いな祖父を、家ごと燃やしてみせたのに。

しかし父の望みは、これではなかったようだ。ぼくはほんとうに駄目だ。父の言いつけを、いつも理解できない。

母も近所のおばさんも、

「湊ちゃんのせいじゃない」

「酔っぱらいの言うことなんて、わからなくて当たりまえ」

と言うけれど、学級委員長の慧くんはちゃんと理解できている。慧くんのお母さんもお

二階に行きなさい。布団に入って、寝なさい」

「母さん」

湊人はあえいだ。

「母さん、ぼく……」

「大丈夫」

ぴしゃりと母がさえぎった。

「大丈夫。……湊人だけは、母さんが守ってみせる。いままで、弱い母さんでごめんね。でも目が覚めた。なにをしてでも、あんたを守るからね」

その顔いろはどす黒かった。目が落ちくぼみ、まるで老婆だった。瞳《ひとみ》が、完全に据わっていた。

「行きなさい！」

弾《はじ》かれたように、湊人は立ちあがった。

言われたとおり階段を駆けあがる。二階の自室へと飛びこむ。

ベッドにもぐりこみ、湊人は思った。

——これは夢だ。

父さんが死んだなんて夢だ。母さんが父さんを殺したなんて、そんなことがあるはずない。

これは全部悪い夢だ。父さんは生きてる。生きている——。

「ごめんなさい、父さん」

布団を頭までかぶり、湊人は泣いた。

熱い悔恨の涙が頬をつたい、枕に染みこむ。鼻の奥が熱い。

「ごめんなさい。ぼく、いい子になる。父さんが無事だったら、今度こそ、父さんの言いつけを全部守る。なんでも全部、父さんの言うとおりにするから……」

それ以上は言葉にならなかった。

枕を嚙《か》み、声を殺して、湊人は啜《すす》り泣いた。

引用・参考文献

『警視庁科学捜査官　難事件に科学で挑んだ男の極秘ファイル』服藤恵三　文藝春秋
『警視庁検死官』斎藤充功　芹沢常行監修　学研M文庫
『不完全犯罪ファイル　科学が解いた100の難事件』コリン・エヴァンズ　藤田真利子訳　明石書店
『犯罪ハンドブック』福島章編　新書館
『ケースで学ぶ犯罪心理学』越智啓太　北大路書房
『捜査官のための実戦的心理学講座　捜査心理ファイル〜犯罪捜査と心理学のかけ橋〜』渡辺昭一編　渡邉和美・鈴木護・宮寺貴之・横田賀英子著　東京法令出版

本書はハルキ文庫の書き下ろし小説です。

ハルキ文庫

く 8-2

業《ごう》火《か》の地《ち》 捜査一課強行犯係《そうさいっかきょうこうはんがかり》・鳥越恭一郎《とりごえきょういちろう》

著者 櫛《くし》木《き》理《り》宇《う》

2023年3月18日第一刷発行

発行者 角川春樹

発行所 株式会社角川春樹事務所
〒102-0074 東京都千代田区九段南2-1-30 イタリア文化会館

電話 03(3263)5247(編集)
03(3263)5881(営業)

印刷・製本 中央精版印刷株式会社

フォーマット・デザイン 芦澤泰偉
表紙イラストレーション 門坂 流

ISBN978-4-7584-4546-7 C0193 ©2023 Kushiki Riu Printed in Japan
http://www.kadokawaharuki.co.jp/[営業]
fanmail@kadokawaharuki.co.jp[編集] ご意見・ご感想をお寄せください。

佐藤青南の本

ストラングラー
死刑囚の告白

この男、死刑囚か
それとも、名探偵か。

死刑判決を覆すために、
難事件を解決する男・明石陽一郎。
刑事・蓑島朗は、
協力していくうちに、
信念が揺らいでいく……。

ハルキ文庫